W0243240

Die Blumen des Blinden
Begleitbuch

Lore Graf/Ulrich Kabitz/
Martin Lienhard/
Reinhard Pertsch

# Die Blumen des Blinden

Begleitbuch

Chr. Kaiser

CIP-Kurztitelaufnahme der Deutschen Bibliothek

**Die Blumen des Blinden** : kurze Geschichten zum Nachdenken. – München : Kaiser
Begleitbuch. / Lore Graf . . . – 1983.
ISBN 3-459-01477-6
NE: Graf, Lore [Mitverf.]

© 1983 Chr. Kaiser Verlag, München
Alle Rechte vorbehalten, auch die des auszugsweisen Nachdrucks, der fotomechanischen Wiedergabe und der Übersetzung; Fotokopieren nicht gestattet. –
Umschlag: Reinhard Liedtke, Gelnhausen. Gesamtherstellung: Buch- und Offsetdruckerei Georg Wagner, Nördlingen.

# Inhalt

## Dritter Teil

## Auf der Grenze zum Neuland

*Sinn*



*Religion*

# VORWORT

Nach dem durchwegs positiven Echo auf die »Geschichten zum Nachdenken« und die »Geschichten zum Weiterdenken« haben wir uns entschlossen, dem von verschiedenen Seiten geäußerten Wunsch nach einer zusätzlichen Sammlung von möglichst kurzen Geschichten nachzukommen. Wir können nun diesen neuen Band samt Begleitbuch vorlegen.

Das Interesse an kurzen Texten hat in den vergangenen Jahren auffallend zugenommen. Die Gründe dafür dürften sowohl in der inhaltlichen Besonderheit der knappen Erzählform als auch in praktischen Erwägungen liegen (z. B. der geringe Zeitaufwand). Unmittelbarer als längere Geschichten vermögen kurze Texte durch die kompakte Form und den komprimierten Inhalt beim Lesen oder Hören Reflexionen zu provozieren oder sogenannte Aha-Erlebnisse auszulösen, besonders, wenn sie in einer Sprache reden, die der Adressat versteht, die ihn aufhorchen läßt – mag sie nun von literarischem Niveau oder auch eher trivial sein. Dort, wo Argumente und Erläuterungen zu untauglichen Mitteln werden, können kleine Geschichten u. a. mithilfe der ihnen oft innewohnenden Verfremdung manches neu sehen oder klarer erkennen und damit erst richtig verstehen lassen.

Dies gilt nicht zuletzt auch für den religiösen Bereich, wenn etwa vertraute biblische Inhalte in zeitgemäßen Bildern und ebensolcher Sprache von einer ungewohnten Seite her ins Blickfeld kommen.

Kurze Texte bieten sich also besonders in Situationen an, in denen es auf knappes, bildhaftes und aussagekräftiges Material ankommt, sei es als Einstieg in ein Thema, zur Problemfindung, zur Verdeutlichung eines schwierigen oder abstrakten Sachverhalts, zur Auflockerung eines Denkprozesses oder auch als gedankliche Grundlage für eine Meditation. Auch der – etwas anspruchsvollere – Unterhaltungswert ist nicht gering zu achten. Denn dieses Buch will nicht von vornherein als Arbeitsmaterial verstanden werden; zumindest steht der Arbeitscharakter zunächst nicht im Vordergrund, was wir auch durch die Art der Buchgestaltung anzeigen wollten.

Die breite Auffächerung der Verwendungsmöglichkeiten deutet bereits die Pluralität der Sammlung an. Sie enthält ein Kaleidoskop von literarischen Texten, chassidischen Erzählungen, kleinen Legenden, Parabeln, Zeitungsmeldungen, Anekdoten u. ä., die alle eines gemeinsam haben: sie machen nachdenklich, sie lassen einen nicht sogleich wieder los.

Wir haben diese kurzen Geschichten ausgewählt nach ihrem »Sitz im Leben«, nach ihrer didaktischen oder meditativen Substanz, nach ihrer Eignung, Verhaltensweisen und Mechanismen des täglichen Lebens intensiver und kritischer ins Bewußtsein zu rücken, Verschüttetes hervorzuholen oder doch wenigstens einigen Staub abzutragen.

So kann das vorliegende Buch für Lehrer, Pfarrer, Kurs- und Gruppenleiter usw. ähnlich wie die »Geschichten zum Nachdenken« und die »Geschichten zum Weiterdenken« auch zu einer willkommenen Arbeitshilfe auf den verschiedensten Gebieten werden. Es ist einerseits völlig selbständig zu verwenden, andererseits aber auch als Ergänzungs- oder Kontrastmaterial zu den vorgenannten Bänden denkbar. Entsprechende Querverweise im Begleitbuch machen auf thematische Zusammenhänge mit dort abgedruckten Geschichten aufmerksam.

Daß wir die bewährte Struktur der Gliederung im wesentlichen beibehalten haben, wird dem interessierten Leser die Orientierung außerdem erleichtern. Der methodische Aufbau in drei Hauptgruppen mit den thematisch zugehörigen Abschnitten erwies sich weiterhin als tragfähig. Aus inhaltlichen Gründen haben wir die Hauptteile je um ein zusätzliches Kapitel (Wahrnehmen/Verstehen/Sinn) erweitert und die übrigen Benennungen leicht abgeändert. Der Zusammenhang mit den beiden vorhergehenden Gliederungen ist aber leicht ersichtlich.

Die Einführungstexte zu den einzelnen Abschnitten wollen den jeweiligen Skopus der zugeordneten Geschichten zum

Zweck einer Inhaltsübersicht zusammenfassen. Sie erheben nicht den Anspruch einer umfassenden Abhandlung der angesprochenen Thematik. Trotzdem möchten wir anfügen, daß wir im Nachheinein selbst überrascht waren, wie viele Facetten eines Themas durch das gesammelte Material zum Leuchten kamen.
Nach anfänglichem Zögern haben wir uns entschlossen, dem Lesebuch wieder einen Begleitband beizugeben, da doch die meisten Geschichten auch in ihrer Kürze vielschichtig sind und wir dem Benutzer anhand von Kommentaren, Ergänzungen und subjektiven Eindrücken weitere Anregungen vermitteln wollen.
Wie in den »Geschichten zum Weiterdenken« haben wir ganz bewußt auf eine Nivellierung unserer Anmerkungen verzichtet. So unterschiedlich und persönlich, wie wir mit den von uns kommentierten Texten umgingen, sollten es auch die Leser tun. Wir wollten nichts anderes als einige Möglichkeiten aufzeigen, welche Reflexionen solche kurzen Geschichten in Gang bringen können. Es bleibt jedem Leser überlassen, sich in den angebotenen Gedankengängen wiederzufinden oder neue andere, ihm adäquatere Perspektiven zu entdecken.
Aus diesem Grund wird wohl verständlich, warum wir auch einige bereits bekanntere Texte aufgenommen haben. Sie könnten, in einem neuen Licht gesehen, auch wieder zu neuen Geschichten werden.
Zum Schluß möchten wir noch einige konkrete Beispiele für Situationen nennen, in denen kurze Texte besonders hilfreich sein können.

*Situation 1*
Ich möchte »abschalten«, für eine Zeit still werden, nachdenken, meditieren. Ein kurzer Text kann mir zu Einfällen verhelfen

- im Sinne eines »Brainstorming«, also Assoziationen auslösen,
- im Sinne einer »lebensgeschichtlichen Reflexion«, in der ich mich frage, wann und wie ich Einschlägiges in meinem Leben erfahren habe,

- Im Sinne einer »Imaginationsübung«, also Situationen vorstellen, Möglichkeiten ausmalen, Fäden fortspinnen.

All dies ist natürlich auch in Gruppen möglich.

*Situation 2*

Ich habe vor, einen Artikel abzufassen, einen Vortrag oder eine Predigt auszuarbeiten.

Eine kleine Geschichte kann mir dienen

- als einleitender Aufhänger, der mein Thema schlaglichtartig beleuchtet und von dem aus sich die ganze Thematik ansprechend entwickeln läßt.
- als plastisches erklärendes Beispiel für einen schwierigen oder abstrakten Sachverhalt.

*Situation 3*

Ich suche Ergänzungs- bzw. Kontrastmaterial zu längeren Geschichten (wie in »Geschichten zum Nachdenken«, »Geschichten zum Weiterdenken o. ä.) oder in größeren thematischen Zusammenhängen. Kurze Texte können einfach, schnell und gezielt als Zusatz- und Vergleichsmaterial genutzt werden.

*Situation 4*

Ich möchte zu Beginn einer Unterrichtsstunde, einer Tagung, »Freizeit« oder Konferenz anstelle des gewohnten oder vielleicht auch abgelehnten Gebets, mithilfe eines kurzen Textes in nicht religiöser Sprache zur inneren Sammlung einladen. Es könnte sich ein Gespräch über Gebetsinhalte anschließen.

*Situation 5*

In einer Gruppe soll thematisch gearbeitet werden. Kurze Geschichten eignen sich in der Anfangsphase

- zur Themenfindung: aus einer Anzahl von Texten wird derjenige ausgewählt, der am meisten anspricht.
- zur Themenstrukturierung: wichtige, für ein Thema bedeutsame Aspekte werden anhand von einschlägigen Texten gefunden.

*Situation 6*
Eine Gruppe will eine bestimmte Geschichte eingehender reflektieren. Einige Möglichkeiten für die »Vertiefungsphase«:

- s. Situation 1,
- die Mitglieder der Gruppe verfassen in Partnerarbeit Thesen, Gegenthesen bzw. Argumente Pro und Contra oder Kriterien für konkrete Fälle usw.,
- sie schreiben einen »offenen Brief«, ein Gutachten, einen Zeitungskommentar,
- sie stellen die Geschichte im Dialog oder als Pantomime dar,
- sie machen aus der kurzen Geschichte eine reguläre Kurzgeschichte oder ein Hörspiel.

*L. G. + R. P.*

Die Ausarbeitungen zu den einzelnen Texten stammen von Lore Graf (Kap. »Wagnis«, »Beistehen«, »Handeln«, »Liebe«, »Gerechtigkeit«), Ulrich Kabitz (Kap. »Selbstsein«, »Vertrauen«, »Dialog«, »Menschsein«), Martin Lienhard (Kap. »Verantworten«, »Glauben«, »Vergeben«, »Religion«, »Frieden«) und Reinhard Pertsch (Kap. »Wahrnehmen«, »Verstehen«, »Sinn«, »Zukunft«).

Die Abkürzungen GzN und GzW beziehen sich auf die vorausgegangenen Lesebücher »Geschichten zum Nachdenken« und »Geschichten zum Weiterdenken«.

# Erster Teil
# AUF DER SUCHE NACH SICH SELBST

# WAHRNEHMEN

*Jeder hat seine eigene Sicht, aber nicht jeder sieht etwas*
*B. Winawer*

Tagein tagaus machen wir eine Unzahl von Wahrnehmungen, ohne viel darüber nachzudenken, was dabei vor sich geht. Wir vertrauen auf das zuverlässige Arbeiten unserer Sinne und glauben die Welt sei so, wie wir sie sehen. In Wahrheit liegen die Dinge nicht so einfach. Wir nehmen niemals alles wahr, was auf uns einströmt, sondern immer nur einen Teil davon (1, 3, 5). Wir wählen aus, sind also während wir wahrnehmen aktiv und nicht passiv, obwohl wir uns dessen meist nicht bewußt sind. Was wir sehen, hängt von sehr vielen Faktoren ab, vor allem von Einflüssen, die uns geprägt haben, von Sichtweisen, die wir gelernt haben, oder von Phänomenen, denen unser Interesse gilt (1, 3). So kann es geschehen, daß mehrere Personen am gleichen Ort verschiedene Dinge sehen und sich deshalb gegenseitig des Irrtums bezichtigen (2), oder sich amüsiert bis schockiert über die Sichtweise des anderen geben (3). Wie aktiv wir selbst am Prozeß des Wahrnehmens beteiligt sind, zeigt sich auch daran, daß wir, um zu verstehen, jede neue Wahrnehmung sofort interpretieren, d. h. in einen bereits verfügbaren Bezugsrahmen stellen (4). Falsche Bezugsrahmen wie fehlerhafte Vorinformationen führen zu Täuschungen (5), zu Enttäuschungen und manchmal sogar zu tragischen Irrtümern (6). Nicht um Täuschungen handelt es sich, wenn Kinder von Wahrnehmungen auf der Grenze zwischen Wirklichkeit und Phantasie erzählen (7). Solche Gedankenspiele fördern die Kreativität, also die Fähigkeit, neue Wege und unübliche Lösungsmöglichkeiten in Problemsituationen wahrzunehmen (8). In der Regel interpretieren wir freilich neue Situationen nicht sehr kreativ, sondern nach mitgebrachten Mustern, die sehr früh in der Kindheit entstanden sein können (9), oder eine mehr oder weniger aktuelle Gemütslage widerspiegeln (10).

Für die Wahrnehmung anderer Menschen und des eigenen Ich gilt, wie für die Wahrnehmung allgemein: sie ist nicht vollständig und Irrtümern ausgesetzt. Immer wieder erliegen wir der Neigung, unsere Fehler auf andere zu projizieren und Glück nur beim Mitmenschen, nicht jedoch bei uns selbst wahrzunehmen (11, 12, 13). Von hier aus stellt sich besonders die Frage nach der Wahrnehmungsfähigkeit von Menschen, die Macht und Einfluß haben (14). Wie es um den Menschen bestellt ist, zeigt sich unmittelbar an seiner Art und seinen Möglichkeiten, wahrzunehmen: an seiner Fähigkeit, Grenzen der Wahrnehmung zu erkennen, aber auch an seiner Bereitschaft, einen Wandel in der Wahrnehmung der Welt zuzulassen (15).

*R. P.*

# 1

## Der Indianer und der weiße Mann

◆ *Themen:* Wahrnehmung, Zivilisation

*Anmerkungen und Anregungen*

Diese Geschichte demonstriert auf mehrfache Weise exemplarisch, was Wahrnehmung ist und wie sie geschieht:

- Man nimmt niemals die gesamte Umwelt wahr, sondern immer nur einen Teil von ihr. Aus diesem Grund stimmen die Wahrnehmungen des Indianers und des weißen Mannes nicht überein, obwohl sie sich in der gleichen Situation befinden.
- Wahrnehmung ist kein passiver, sondern ein aktiver Vorgang. Wir wählen aus den vorhandenen Reizen einen bestimmten Teil aus (der Indianer das Zirpen der Grille, die Passanten das Geldgeklingel; der Straßenlärm wird von beiden ausgeblendet). Ohne diese Fähigkeit wären wir schnell Opfer einer geradezu babylonischen Verwirrung.
- Unsere Interessen beeinflussen das, was wir wahrnehmen (die Passanten sind an Geld, der Indianer ist an der Natur interessiert).
- Die Kultur, Zivilisation, Tradition, in der wir leben, beeinflussen unsere Einstellungen und Interessen und mit ihnen das, was wir wahrnehmen (beide, der nomadi-

sierende Steppenbewohner und die westlichen Stadtmenschen nehmen jeweils das wahr, was in ihren Kulturen zentrale Bedeutung besitzt).
– Die Steuerung unserer Wahrnehmung geschieht meist nicht bewußt, sondern unbewußt (der Indianer wie die Passanten machen ihre Wahrnehmungen spontan).

Diskutieren Sie in Gruppen folgende Thesen:
– In Abwandlung des Sprichwortes »Sage mir, mit wem du umgehst, und ich sage dir, wer du bist« gelten auch die folgenden beiden Behauptungen:
»Sage mir, was du wahrnimmst, und ich sage dir, wer du bist.«
»Sage mir, mit wem du umgehst, und ich sage dir, was du wahrnimmst.«
– Die Wahrnehmung unserer Welt mit den Augen der wissenschaftlich-technischen, kapitalorientierten Zivilisation hat uns dazu geführt, daß wir das Zirpen der Grille überhören. Damit die Grille nicht aufhört zu zirpen, und mit ihr auch wir überleben, ist zuallererst eine ›Wende der Wahrnehmung‹ notwendig.

◆ *Zum Vergleich:* Reinhard Pertsch, Die Affeninsel, GzW 331–333.
◆ *Bibelstellen:* Matth. 13,13–17.

## 2

### Kahlil Gibran, Das Auge

◆ *Themen:* Wahrnehmung, Mehrheitsurteil

*Anmerkungen und Anregungen*

Warum wird das Auge, das andere Wahrnehmungen macht als die übrigen Organe, von der Mehrheit für verrückt erklärt?
– Die Wahrnehmung des Auges *muß* fehlerhaft sein, da sonst die Welt-Bilder der anderen erschüttert würden und sie selbst ebenfalls.
– Die Übereinstimmung mit der Mehrheit führt zur gegen-

seitigen Bestätigung und erübrigt eine ernsthafte Auseinandersetzung. Der Störenfried wird statt dessen isoliert.
Der Irrtum der Mehrheit liegt jedoch darin,
- daß sie nicht mit einem prinzipiell möglichen Informations-Vorsprung des Einzelgängers rechnet und
- daß durch eine Veränderung des eigenen Standortes dieser Vorsprung eingeholt werden könnte: Der Blickrichtung des Auges folgend und am Fuß des Berges angekommen, wäre das Ohr in der Lage, den Gebirgsbach rauschen zu hören, die Hand, den Felsen zu tasten, und die Nase, den Duft der Bergwiesen zu riechen.

Diskutieren Sie, wie im Lichte der vorliegenden Geschichte historische Ereignisse wie der Fall Galilei zu beurteilen sind.

◆ *Zum Vergleich:* Platon, Das Höhlengleichnis.
◆ *Bibelstellen:* 1. Kor. 12,12 ff.

## 3

H. L. Gee, In der Kunstgalerie

◆ *Themen:* Wahrnehmung, Interessen

*Anmerkungen und Anregungen*

Nicht verrückt, wohl aber lächerlich erscheint die Äußerung der Frau in der Kunstgalerie, deren Wahrnehmung sich, wie in der vorangegangenen Geschichte, von der der sie umgebenden Menschen unterscheidet. Trotz ihrer für das Gefühl kunstsinniger Zeitgenossen kaum überbietbaren Deplaciertheit ist sie aber auch verständlich. Sie zeigt nämlich ungemein plastisch
- wie sehr unsere Wahrnehmungen von unseren Interessen geleitet sind. Der Glanz der Fußböden gehört offenbar zu den primären Interessen der Haus- oder Reinemachfrau.
- wie abhängig Wahrnehmungen nicht nur von unserer kulturellen (vgl. oben »Der Indianer und der weiße Mann«), sondern im besonderen auch von unserer sozialen Umwelt sind. Ein Kunstkenner aus der oberen Mit-

telschicht hätte wahrscheinlich keine derartige Frage gestellt.
- wie entscheidend frühere Lernprozesse – ausgelöst z. B. durch Fernseh-Werbung – aktuelle Wahrnehmungen bestimmen.

Vergleichen Sie die drei ersten Geschichten dieses Kapitels miteinander. Welche gemeinsamen Aussagen machen sie?
Versuchen Sie sich über ihre eigenen Wahrnehmungen beim letzten Besuch einer Kunstgalerie oder einer vergleichbaren Veranstaltung klar zu werden. Wie erklären Sie sich diese?
Führen Sie in einer Gruppe folgenden Versuch durch: Zeigen Sie ein vorbereitetes Bild von einer Personengruppe (am besten mit Vorder-, Mittel- und Hintergrund) einem ersten Gruppenmitglied, welches den wahrgenommenen Bildinhalt nach ca. 3 Minuten einem zweiten weitererzählt usf. Vergleichen Sie am Ende die 7. oder 8. Weitererzählung mit dem ursprünglichen Bild. An welchen Punkten der Reproduktionen können Sie das Einfließen von Einstellungen, Interessen und Normen feststellen?
Anstelle eines Bildes können Sie auch eine Geschichte als Vorlage verwenden, z. B. Kafkas »Heimkehr«, Nr. 9 in diesem Buch.

◆ *Zum Vergleich:* K. Antons, Praxis der Gruppendynamik, Göttingen/Toronto/Zürich 1976, 4. Aufl., 53 ff.

## 4

Max Horkheimer, Symbol

◆ *Themen:* Wahrnehmung, Theorie

*Anmerkungen und Anregungen*

Jede neue Wahrnehmung versuchen wir in einen Bezugsrahmen zu stellen, der uns bekannt und vertraut ist. Wir ordnen sie ein. Nur so gewinnen wir ein einigermaßen strukturiertes Bild von der Welt, in der wir leben, und können uns in ihr zurechtfinden.

Der Psychoanalytiker unserer Geschichte verfährt prinzipiell nicht anders. Er besitzt eine Theorie, die ihm hilft, psychische Phänomene wie Träume zu ordnen. Freilich passiert ihm ein Mißgeschick, das wir alle kennen. Seine Theorie über den anderen, den Bettler, ist wenn nicht falsch, so doch zu grob, sie erschlägt das Phänomen. Der Bettler kommt in ihr nicht (mehr) vor. Der Therapeut hat ihn nicht ausreden lassen, er war mit seiner Theorie zu schnell bei der Hand. Sonst hätte er vielleicht erfahren (was ein guter Psychoanalytiker sicher erfahren hätte), daß der Wunsch, auch einmal sorglos im Überfluß zu leben, der Vater des Traumes gewesen ist.

Diskutieren Sie die folgenden Thesen. Ersetzen Sie nach einer gewissen Zeit das Wort »Theorien« durch das Wort »Glaubenssätze«.
- Theorien sind notwendig zur Orientierung in der Welt.
- Theorien, die alles erklären wollen, haben die Tendenz, die Wirklichkeit so zu vereinfachen, daß bestimmte Dinge und letztlich auch bestimmte Menschen nicht mehr darin vorkommen dürfen.
- Darum »laßt Theorien sterben und nicht Menschen« (Popper).

Beziehen Sie in Ihre Überlegungen auch die folgenden Wahrnehmungen von Max Horkheimer ein, die sich auf denselben Sachverhalt beziehen.
Beim Gang durch ein Irrenhaus, so stellt er fest, werde der schreckliche Eindruck, den der Laie von dem Tobsüchtigen empfängt, durch die sachliche Feststellung des Arztes beschwichtigt, dieser Patient befinde sich in einem »Erregungszustand«. Durch die wissenschaftliche Einordnung werde der Schrecken über das Faktum gewissermaßen als unangebracht hingestellt. »Ebenso beruhigen sich manche Menschen bei der Feststellung des Übels überhaupt durch den Besitz einer Theorie, in der es aufgeht. Ich denke dabei auch an manche Marxisten, welche angesichts des Elends rasch dazu übergehen, es zu deduzieren. Man kann auch mit dem Begreifen zu rasch sein« (aus: Notizen 1950–1969, Frankfurt/M. 1974).

# 5

## Ernst Bloch, Enttäuschung mit Heiterkeit

◆ *Themen:* Wahrnehmung, Täuschung

*Anmerkungen und Anregungen*

Weil wir in unserem täglichen Leben so problemlos und so erfolgreich mit unseren Wahrnehmungen zurecht kommen, haben wir leicht den Eindruck, daß wir über ein einfaches, zuverlässig funktionierendes, ja unfehlbares System verfügen, unsere Umwelt zu erfassen. Daß dem nicht so ist, wird uns – manchmal schmerzlich – bewußt, wenn wir uns täuschen. In Wirklichkeit sind unsere Wahrnehmungen

– bruchstückhaft, wobei das, worauf es ankommt, unseren Sinnen ähnlich dem Streitroß des Bukephalos zunächst vollkommen unzugänglich sein kann.
– abhängig von vorausgegangenen Informationen, wie in der Geschichte von der Ankündigung, jetzt gleich werde ein Streitroß herangeschleppt. Das Publikum interpretiert die angestrengten Tätigkeiten auf der Bühne genau im Sinne dieser Vorausinformation und natürlich auch entsprechend der schon gemachten Erfahrung, daß am anderen Ende des Seils ein Koloß hängen muß, wenn so viele so kräftig daran ziehen.

Die Täuschung dieser Wahrnehmungen und Vermutungen wird im Zirkus mit Lachen quittiert. Ist das in der Realität auch immer so, wenn Täuschungen zu Ent-Täuschungen werden?

Erkunden Sie (beispielsweise in einem Rollenspiel), wie Sie reagieren würden,

– wenn Sie an einem ungewöhnlich klaren Tag die angestrebte Berghütte nicht in der geschätzten halben, sondern erst nach zwei Stunden erreichen können,
– wenn Ihr Sohn trotz offensichtlicher und andauernder Anstrengungen das Klassenziel nicht erreicht,
– wenn Sie sich mit einer handwerklichen Arbeit, mit einer Ferienreise, mit einer Liebesbeziehung, mit den Ankündigungen eines Politikers u. ä. verkalkuliert haben.

## 6

### Einbildung

◆ *Themen:* Wahrnehmung, Täuschung, Realität

*Anmerkungen und Anregungen*

Es mag sich bei diesem Unglück um einen Einzelfall handeln, doch stellt er drastisch die Frage nach dem, was Realität sei. Ist das real, was unabhängig von mir existiert, oder das was ich – wenn auch gebrochen – wahrnehme, oder gar beides? Zu denken ist in diesem Zusammenhang auch an Fälle von Autosuggestion, in denen eine Person ohne äußere Einwirkung an sich alle Symptome eines Wespenstiches erzeugt oder an die Wahnbilder eines Paranoikers, die nur er selbst wahrnimmt. Ist der durch eine leibhaftige Wespe erzeugte Stich eher real als der durch Selbstsuggestion hervorgerufene?

Von dem griechischen Philosophen Epiktet (50–138 n. Chr.) stammt der Satz: »Nicht die Dinge selbst sind es, die uns ängstigen, sondern nur die Vorstellungen, die wir von ihnen haben.«
Überprüfen Sie den Wahrheitsgehalt dieser Behauptung an Ihrer eigenen Lebensgeschichte.

## 7

### Ursula Wölfel, Der Garten

◆ *Themen:* Wahrnehmung, Phantasie, Kindheit

*Anmerkungen und Anregungen*

Reaktionen von Erwachsenen auf diese Geschichte:
- »Gibt es in der heutigen Fernsehgesellschaft eigentlich noch solche Kinder?«
- »Das Kind verhält sich wie jedes spielende Kind. Es phantasiert.«
- »Mir tut das Kind leid. Es vermißt die natürliche Umgebung. Die meisten Großstadtkinder haben keinen Garten.

Kein Wunder, daß sie hyperaktiv und aggressiv werden.«
- »Dieses Kind wird einmal sehr selbständig werden. Es kann sich mit sich selbst beschäftigen.«
- »Die Natur hat es weise eingerichtet, daß sich Kinder wie Erwachsene in der Phantasie mit etwas entschädigen können, was sie in der Realität nicht besitzen.«

Legen Sie Freunden, die Kinder haben, diese Geschichte vor und fragen Sie, was sie dazu meinen.

## 8

Sören Kierkegaard, Der Spaziergang

◆ *Themen:* Wahrnehmung, Phantasie, Kindheit

*Anmerkungen und Anregungen*

Zwei Thesen zur Geschichte:
- Der (wahrscheinliche) Vater Kierkegaards hat recht mit seinem gelegentlichen Verbot. Wer Kindern immerfort alles gewährt, was die reale Welt anbietet (Zerstreuung draußen, Fernsehen, Spielzeug), nimmt ihnen entscheidende Möglichkeiten.
- Persönliche Zuwendung und zugleich phantasievolle Beschäftigung mit gedachten Inhalten, mit bildhaften Gedankenspielen, mit Wahrnehmungen in einer fiktiven Realität, haben einen eminenten Einfluß auf die Entwicklung des Kindes und seiner schöpferischen, kreativen Fähigkeiten. Der spätere Philosoph Kierkegaard dürfte nicht der einzige Beweis für diese These sein.

Machen Sie eigene Erfahrungen mit Kindern bei einem solchen Phantasiespaziergang.
Vergleichen Sie die obigen beiden Thesen mit den Äußerungen der Erwachsenen zur vorigen Geschichte. Wo erkennen Sie Übereinstimmungen?

## 9

Franz Kafka, Heimkehr

◆ *Themen:* Wahrnehmung, Kindheit, Erinnerung, Wiedersehen

*Anmerkungen und Anregungen*

Ein neuer Aspekt der Wahrnehmung wird sichtbar, wenn wir die Geschichte Kafkas im Zusammenhang der Gesamtthematik dieses Kapitels betrachten: die Relativität aller unserer Wahrnehmungen.

– Weil unsere Wahrnehmungen immer von früher gemachten Erfahrungen mitbestimmt werden, entsteht zunächst bei der Rückkehr an den Ort der Kindheit die Erwartung, es werde alles so sein wie früher. Eine solche Erwartung trügt.
– Wer jemals eine ähnliche Situation wie Kafka erlebt hat, wird dessen Fremdheitsempfindung zumindest in Form einer eigenartigen Überraschung geteilt haben, ausgelöst durch die scheinbare Veränderung der Größe ehemals recht vertrauter Dinge: der Garten ist nicht mehr so unendlich groß, die Standuhr nicht mehr so gewaltig, wie man beide in Erinnerung hat. Wir haben schon als Kinder die Umwelt (hier: bei Ausdehnungen) nur relativ, im Vergleich zu uns selbst (der eigenen Körpergröße) wahrgenommen.
– Die Überraschung, das Fremdheitserlebnis wird vollkommen, wenn wir entdecken, daß sich auch unser Verhältnis zu vertrauten Menschen verändert hat. Gewiß, die alten Eindrücke sind noch lebendig, aber sie werden überlagert von einer unübersehbaren Schicht von inzwischen gemachten Wahrnehmungen, die zu aktuell wirksamen Erfahrungen geronnen sind.

◆ *Zum Vergleich:* Die Geschichte vom verlorenen Sohn in Luk. 15; dort wird das auf beiden Seiten durch die Abwesenheit des Sohnes hervorgerufene Fremdheitserlebnis durch eine besondere Vorkehrung des Vaters gemildert.
Literarische Texte zum Thema:
Sören Kierkegaard, Die Wiederholung, in: Werke II, Rein-

bek 1967. Thomas Mann, Lotte in Weimar (Schilderung des Zusammentreffens des alten Goethe mit seiner Jugendliebe Charlotte, die als Romanheldin in sein Frühwerk ›Werthers Leiden‹ eingegangen ist).

## 10

H. L. Gee, Zufriedenheit

◆ *Themen:* Wahrnehmung, Deutung, Urteil

*Anmerkungen und Anregungen*

Ein weiteres schönes Beispiel für die Relativität unserer Wahrnehmungen ist diese Parabel. Sie demonstriert, wie Grundeinstellungen oder augenblickliche Stimmungslagen unsere Eindrücke in hellem oder düsterem Licht erscheinen lassen.

Versuchen Sie, Ihre gegenwärtige Situation (eine Person, ein Ereignis) zunächst positiv und anschließend negativ zu schildern. Welcher Darstellung neigen Sie eher zu? Gibt es Gründe dafür?

## 11 · 12 · 13

H. L. Gee, Das goldene Fenster
Der Weg der Mönche
H. L. Gee, Feueralarm

◆ *Themen:* Selbstwahrnehmung, Selbstfindung, Sehnsucht, Glück

*Anmerkungen und Anregungen*

Alle drei Geschichten sprechen davon,
– daß man die eigene Situation in der Regel unvollständig oder falsch wahrnimmt: das eigene goldene Fenster, das eigene Glück, die Feuerquelle im eigenen Haus werden übersehen;

- daß wir unsere Aktivitäten nach draußen verlegen, wenn es um uns selbst geht; daß wir unsere Ziele in der Ferne suchen oder wahrnehmen;
- daß wir offensichtlich nicht anders können, als uns auf den Weg zu machen zu Menschen, die Bescheid wissen (wie der Feuerwehrmann), zu einem faszinierenden Ziel (wie der Junge), und um unser Glück zu suchen (wie die Mönche);
- daß ein Weg, der Erfüllung verspricht, wie der des Jungen und der Mönche, weiter und anstrengender ist als vermutet;
- daß wir entdecken, wie diese Umwege uns schließlich wieder zu uns selbst zurückführen, nun vielleicht etwas sehender geworden für Glück und Unglück in und um uns.

Drei Thesen zur Diskussion:
- Nicht nur Fehler (wenn es »brennt«), auch Glück nehmen wir eher an anderen wahr als bei uns selbst.
- Die Wahrnehmung des eigenen Standortes, Selbsterkenntnis ist unmöglich ohne das Aufsuchen von Positionen außerhalb von uns selbst, ohne Dialog.
- Selbsterfahrung setzt voraus mühevolle Umwege außerhalb der eigenen schützenden Mauern, die Er-fahrung des Fremden.

◆ *Zum Vergleich:* Seneca (römischer Philosoph, 4 v.–65 n. Chr.):
»Deine Einstellung mußt du ändern, nicht deinen Aufenthaltsort.«
◆ *Bibelstellen:* 1. Mose 12–13 (Abraham-Geschichte); Matth. 7,3–5; Luk. 15 (Verlorener Sohn).

## 14

E. M. Cioran, Erkenntnis

◆ *Themen:* Wahrnehmung, Erkenntnis, Macht, Leid

*Anmerkungen und Anregungen*

Obwohl die kleine Geschichte aus einem uns fremden Kul-

turkreis stammt, enthält sie doch eine Frage, die grundsätzlich an die Wahrnehmungsfähigkeit von Menschen zu stellen ist, die Macht ausüben. Auf welchen Wahrnehmungs- bzw. Erfahrungshintergrund, so ließe sich die Frage umformulieren, werden beispielsweise in Justizpalästen, Kasernen, Krankenhäusern, Ministerien, Nervenkliniken oder Schulen von Menschen über Menschen Beobachtungen gemacht, Erkenntnisse gesammelt, Entscheidungen getroffen und Urteile gefällt? Kennen jene, die solches tun, das Leid der Betroffenen auch aus eigener Erfahrung?
Freilich wird sich auch der Buddha unserer Geschichte eine Frage gefallen lassen müssen: Gibt es nicht auch Menschen, die, zu Macht und Einfluß gekommen, einstmals erlittenes Leid unschuldigen Opfern heimzahlen?

◆ *Zum Vergleich:* die Geschichte »Symbol« von Max Horkheimer, Nr. 4 in diesem Buch.
◆ *Bibelstellen:* Joh. 8,1 ff.

## 15

Tschuang-Tse, Der Schmetterling

◆ *Themen:* Wahrnehmung, Traum, Bewußtsein

*Anmerkungen und Anregungen*

Den Hintergrund der Geschichte bildet die buddhistische Lehre, wonach die verschiedenen möglichen Inkarnationen des Ichs darauf zielen, letztlich ins Nirvana einzumünden, in dem die Grenzen zwischen Ich und Nicht-Ich aufgehoben sind.

Einige Gedankensplitter und Fragen zum Weiterdenken:
- Die Bewußtseinsebene des Schlafes und des Traumes sind uns zwar vertraut, aber wohl ebenso rätselhaft wie Tschuang-Tse.
- Seit kurzem erst wissen wir, daß wir im Schlaf mehrere Phasen durchlaufen, die teilweise dem Wachzustand ähnlicher sind als dem Tiefschlaf. Wer entscheidet, würde Tschuang-Tse wohl sagen, welche die wichtigste ist?

- Es gibt Menschen, die die Grenzen ihrer Wahrnehmungsfähigkeit zu erweitern suchen durch psychedelische Erfahrungen, durch außersinnliche Wahrnehmung, durch verschiedene Formen von Meditationsübungen. Es sind sicher sehr verschieden zu bewertende Methoden, doch mit ähnlicher Zielrichtung.
- Es gibt Naturwissenschaftler, die die Meinung vertreten, die Entwicklung der Menschheit sei durch den Versuch gekennzeichnet, die Grenzen menschlicher Wahrnehmung zu erweitern, sie sei eine ständige Bewegung von der Immanenz hin zur Transzendenz.
- Wo liegen die Grenzen meiner Wahrnehmungsfähigkeit, meines Bewußtseins? Wieviel bedeuten mir meine alltäglichen Wahrnehmungen und Erfahrungen?
- Ein lesenswertes Buch in diesem Zusammenhang ist: Hoimar v. Dietfurt, Wir sind nicht nur von dieser Welt, Hamburg 1981.

# SELBSTSEIN

*Keiner ist, was er meint, erst recht nicht, was er darstellt*
*E. Bloch*

Damit ein Mensch wahrhaftig auf eigenen Füßen steht, ist es nicht damit getan, daß ihm die Schule ein »Reifezeugnis« ausgestellt hat oder ein ausreichendes Einkommen vorhanden ist. Mehr und mehr sind die Erkenntnisse der Entwicklungspsychologie Allgemeingut geworden, wonach sich Selbstverwirklichung als ein nahezu lebenslanger Werdegang darstellt. Von unserer heutigen Sicht aus klingt darum Martin Luthers These überraschend modern, wenn er in genauer Entsprechung vom Christen sagt, er bestehe nicht im Sein, sondern im Werden.

Am Anfang steht allerdings notwendigerweise das Eingebettetsein des Kindes im »Schoß der Familie«, wo das Vertrauen in die verläßliche Tatkraft der Eltern gedeihen kann und es eine Frage der Zeit ist, wann diese ihm ein Stück Selbstverantwortung zumuten (16). Unselbständigkeit gibt es freilich von solchen frühen Gegebenheiten her bis ins Erwachsenenalter hinein (17). Ein anderer wesentlicher Frageansatz ist der, welches Bild ich von mir habe. Wieviel Unsicherheit ist noch im Spiel, wenn ein Wunschbild die Realität verstellt (18, 19)? Es gibt die heilsamen Krisen der Selbsterfahrung (20), freilich auch die heillosen Krisen, in denen der Mensch sich selbst und sein Selbstbild verlieren kann (21).

Was kann andererseits der Mensch selber zu seiner Weiterentwicklung tun, wenn die Verhältnisse in seiner Umwelt zum Hindernis werden? Von vielen möglichen Beispielen halten wir uns hier das Schicksal des bettelarmen Jungen in der Großstadt (22) und die Anpassungsmühen des Zigeuners in der Bundesrepublik vor Augen, wo Diskriminierung immer noch an der Tagesordnung ist (23).

Selbstverwirklichung: das schließt Kontinuität und Wandel ein, also die Fähigkeit zum Wachstum (24) und die Möglichkeit, sich zu ändern (25).

Wie rundet sich zum Ende hin die Lebenserfahrung des Menschen? Sicher nicht in der Rastlosigkeit des Planens, die kein Wahrnehmen der Gegenwart gestattet (26), sondern vielmehr im Begreifen der Lebensfülle, die ihn in Bewegung hält (27), und in der Selbstbescheidung, wenn ich kein anderer mehr sein will als ich selbst (28). *U. K.*

# 16

Martin Lienhard, Lauf, Vater lauf!

◆ *Themen:* Abhängigkeit, Kindheit, Vertrauen

*Anmerkungen und Anregungen*

So sehr man erst über diesen Kinderausspruch schmunzeln mag, es steckt allerhand dahinter, nämlich als erstes die Tatsache, daß die frühen Erfahrungen eines Kindes normalerweise auf einer innigen Gemeinsamkeit, einer »Symbiose« mit der Mutter gründen. In dieser Sphäre des »Grundvertrauens«, das für sein Wachstum so lebenswichtig ist, kann es sich offenbar auf den Kopf und die Glieder, auf das Wissen und Vermögen seiner Eltern verlassen, da es selber noch so wenig damit ausrichten kann. Wenn es z. B. Kälte verspürt, braucht es sich nur entsprechend zu rühren, damit es wieder warm eingepackt wird.
Als zweites ist festzustellen, daß sich – wie diese Begebenheit zeigt – ein solches Verhalten weiter auszudehnen pflegt und es dem Fingerspitzengefühl der Eltern überlassen ist, wann sie dem Kind schrittweise zu neuen Erfahrungen verhelfen, daß es auf eigenen Füßen zu stehen vermag, statt bloß getragen oder im Kinderwagen geschoben zu werden, daß es selber beim Essen zulangen kann, statt gefüttert zu werden, ja daß es auf diese Weise schrittweise lernt, eigenständig zu handeln.
Als drittes gehört dazu die weitere Perspektive, daß es bis ins Erwachsenenalter hinein – mal gelinder, mal heftiger – solche kindhaften Neigungen geben kann, einem Partner die Initiative zu überlassen und sich selber bedienen zu lassen. Was fällt mir, was fällt uns dazu ein? Wie ist das zu bewerten? Und was ließe sich daran noch ändern?

◆ *Zum Vergleich:* Franz Hohler, Bedingungen für die Nahrungsaufnahme, GzW 202–205.
◆ *Bibelstellen:* 1. Kor. 13,11.

## 17

Johann Peter Hebel, Seltsamer Spazierritt

◆ *Themen:* Selbstsein, Selbstverwirklichung, Entschlußkraft, Eigenständigkeit

*Anmerkungen und Anregungen*

Johann Peter Hebels Geschichte, in wer weiß wie vielen Lesebüchern bereits abgedruckt, soll hier noch einmal zu Ehren kommen. Der geschilderte Vorgang wirkt hanebüchen grotesk, so daß ein jeder darüber lachen kann: »So dumm muß einer sein ...« Aber der Schluß der altväterischen Kalendergeschichte gibt nach wie vor zu denken: »So weit kann's kommen, wenn man es allen Leuten will recht machen.«
Überlegen wir es uns doch einmal, in welche Situationen unsereins kommen kann, wenn man selber keinen festen Stand hat und sich jeweils von anderen Menschen bestimmen läßt. Eine Charakterisierung wie »Der kann keinem was abschlagen« gehört durchaus zu dieser Kategorie.
Wie lassen sich auf positive Weise Erkenntnisse zusammentragen, die dem persönlichen Wachstum gerade in dieser Hinsicht, nämlich der zunehmenden Entscheidungskraft und Selbstbehauptung Rechnung tragen?

◆ *Zum Vergleich:* Theodor Weißenborn, Der Sprung ins Ungewisse, GzN 44–50.
◆ *Bibelstellen:* Ps. 119; Sir. 37,8–10.

## 18

Kahlil Gibran, Der Fuchs

◆ *Themen:* Selbstsein, Selbstwertgefühl, Resignation, Alter

*Anmerkungen und Anregungen*

Die kurze Fabel hebt den Gegensatz hervor zwischen absurder Selbstüberschätzung und kleinmütiger Resignation. Kennen wir selber ein solch starkes Pendeln von Übermaß zum Mangel an Selbstwertgefühl? Liegt der Unterschied etwa im fortschreitenden Alter, daß man sich in jungen Jahren leicht zu viel und im Älterwerden zu wenig zutraut? Oder will die Fabel auf die Erkenntnis hinaus, daß sich das Selbstbewußtsein in dem Maße verringert, je länger einer dem Wahn der Selbstüberschätzung verfallen blieb?
Ergänzender Text:
»... daß wir uns nicht als Riesen unserer Träume oder als Zwerge unserer Ängste sehen, sondern das Maß unserer Fähigkeiten und Grenzen entdecken ...« (Leitspruch einer amerikanischen Internatsschule).

◆ *Zum Vergleich:* Hermann Gilhaus, Der Adler, GzN 14 f; Josef Hen, Der Tod des Millionärs, GzN 20–24.
◆ *Bibelstellen:* Sir. 34,1 f.

## 19

Daniel Boorstin, Baby-Photos

◆ *Themen:* Selbstsein, Selbsterfahrung, Wunschbilder

*Anmerkungen und Anregungen*

Zunächst amüsiert man sich etwas herablassend über diese Begebenheit; aber dann gibt es einem doch zu denken: Kenne ich nicht auch von mir her diese verborgene Spannung, wenn man mich aufgenommen hat, ob die Bilder gut geraten? Ich möchte günstiger in Erscheinung treten, als ich wohl in Wahrheit beschaffen bin; ich bin mir meines Selbstbildes nicht so sicher, und deshalb erhoffe ich mir mehr ein Wunschbild als ein Abbild. Nun möchte man meinen, die Kamera wäre in dieser Hinsicht unbestechlich; andererseits wissen wir zur Genüge, daß es in Foto-Ateliers Möglichkeiten der Verschönerung gibt durch gewisse Arrangements mit Licht und Schatten sowie durch Retuschen. Allerhand Leute tragen in ihrer Brief- oder Handtasche sol-

che »gelungenen« Fotos mit sich herum, um sie bei günstiger Gelegenheit anderen vorzeigen zu können.
Was hat das mit dem Thema »Selbstsein« zu tun? Daß es sehr darauf ankommt, in welchem Maße ich zunehmend die Differenz zwischen Abbild und Wunschbild vermindern, mich in meiner Beschaffenheit akzeptieren und gar etwas Schönes daran finden kann. Um mit Matthias Claudius zu sprechen:
»Ich danke Gott und freue mich
wie's Kind zur Weihnachtsgabe,
daß ich bin, bin, und daß ich dich,
schön menschlich Antlitz habe ...«

◆ *Zum Vergleich:* Walter H. Schmidt, Der alte Scheich und der Spiegel, in diesem Band Nr. 20.

# 20

## Walter H. Schmidt,
## Der alte Scheich und der Spiegel

◆ *Themen:* Selbstsein, Identität, Krisenerfahrung

*Anmerkungen und Anregungen*

Walter H. Schmidt, dem wir den Wortlaut dieser Geschichte verdanken, hat ihr bei einem Vortrag (vgl. Tutzinger Blätter 2/81) folgende Gedanken angefügt:
»Die Geschichte vom Scheich und dem Spiegel ist eine Gleichniserzählung, Symbol dafür, daß sich ein Mensch ganz unvermutet neu und anders sieht, zur Erkenntnis seiner selbst gelangt, sich gleichsam selbst begegnet und geradezu in neuer Weise gegenübertritt ...
Symbolhaft ist aber auch das ›In-die-Scherben-Gehen‹: So wie dieser Spiegel in Scherben ging, ist plötzlich das vertraute Selbstbild ... zersprungen und hin ...
Krank von dieser Erfahrung zog sich der Scheich drei Tage lang in sein Zelt zurück und ›schaute in sich hinein‹, verordnete sich die ›Heilkräuter‹ der Innenschau, begann sein Bild von sich neu zu ordnen, um auf diese Weise seine Identität wieder herzustellen.«

◆ *Zum Vergleich:* Dietrich Bonhoeffer, Wer bin ich?, in: Widerstand und Ergebung, München 1966, 242 f.
◆ *Bibelstellen:* Ps. 139.

## 21

E. M. Coran, Das kläglichste Werkzeug

◆ *Themen:* Selbstsein, Identität, Krisenerfahrung, Wahnsinn

*Anmerkungen und Anregungen*

Wieder geht es um einen Spiegel. Doch während er im vorigen Fall eine heilsame Krise hervorrief, nimmt er sich hier ganz anders aus: als Abbild der heillosen Krise, die den berühmten Philosoph in Wahnsinn verfallen ließ.
Das eigentlich Erschütternde daran ist, daß gerade er, der sich dazu auserwählt sah, die Menschheit mit einer völlig neuen Wegweisung zu beglücken, am Ende keinen Menschen wahrnahm, um mit dessen Hilfe zu sich zurückzufinden. Denn auch wenn dahingestellt sein mag, in welchem Maße ein so sehr verstörter Mensch auf den Beistand eines anderen eingehen kann, steht doch fest, daß er, auf sich allein zurückgeworfen, nur noch tiefer in die Krise gerät und daß ihm allein das mitmenschliche Gegenüber zu helfen vermag.

◆ *Zum Vergleich:* Leo Wallner, Eingemauert, in diesem Band Nr. 56.
◆ *Bibelstellen:* Pred. 3,10.

## 22

José Luis González, Der Brief

◆ *Themen:* Selbstsein, Selbstbild, Armut, Lüge

*Anmerkungen und Anregungen*

Mit dieser Geschichte wird man nicht so schnell fertig. Sie bietet nur eine Momentaufnahme: den Text eines Briefes und ein paar Sätze hinterher, die den Leser jäh über eine ganz gegenteilige Wirklichkeit aufklären. – Was gibt mir der Text zum Verstehen auf?

- Daß es für den Knaben Juan offenbar Vorbilder gibt, die ihn von seinem Heimatort auf dem Lande in die Großstadt lockten, Vorbilder, denen er nacheifern, mit denen er identisch werden möchte.
- Daß von jenen Vorbildern her das Bild geprägt ist, das er daheim abgeben möchte, auch wenn es ganz und gar nicht der Wahrheit entspricht.
- Daß dieses Bild offenbar macht, wer er vor diesen Menschen daheim sein will, und so die Lüge für sein Selbstgefühl nötig ist, mit dem er in den Kampf ums Überleben in der Großstadt eingetreten ist. Wird er es schaffen?

◆ *Zum Vergleich:* Nummer 16 – der Großvater, GzW Begleitbuch 72 f.
◆ *Bibelstellen:* Sir. 4,1–5.

# 23

Ulrich Völklein, Zigeuner in Deutschland

◆ *Themen:* Selbstsein, Identität, Diskriminierung, Randgruppen

*Anmerkungen und Anregungen*

Es gibt so etwas wie Überlebensstrategien, auf die der Mensch instinktiv kommt, wenn sein Dasein bedroht ist. Dazu gehört die Möglichkeit der Anpassung oder der Verstellung, wenn die jeweilige Umwelt Einzelne oder bestimmte Gruppen zu Außenseitern abstempelt.
Die Fernsehserie »Ein Stück Himmel« hat uns bezwingend vor Augen geführt, wie sich so etwas abspielt, nämlich wie das jüdische Mädchen Janina, aus dem Warschauer Getto geschmuggelt, in einer Klosterschule angesichts erneuter Bedrohungen ständig ihre wahre Herkunft und damit ihre Identität verleugnen mußte. Indessen sagt uns die vorliegende Begebenheit, daß wir die Mißstände solcher Diskriminierung nicht bloß in der Vergangenheit oder im fernen

Südafrika, sondern erneut im eigenen Lande wahrzunehmen haben. Wo berührt es uns? Und was liegt in unserem Vermögen, etwas daran zu ändern?
Ergänzender Text:
»Als Martin Buber, der jüdische Denker, von der Frankfurter Universität weichen und nach Israel emigrieren mußte, sagte er beim Abschied: Was auch immer geschieht, was auch immer sie mit uns machen, ist nicht wichtig. Wichtig ist, was es aus uns macht« (Walter Adlhoch).

◆ *Zum Vergleich:* Wolfdietrich Schnurre, Jenö war mein Freund, GzN 157–160.
◆ *Bibelstellen:* 5. Mose 10,18; 27,19; Ps. 146,9; Hebr. 11,13.

## 24

Bertolt Brecht, Form und Stoff

◆ *Themen:* Selbstsein, Selbsterfahrung, Wachstum

*Anmerkungen und Anregungen*

Das Bild von der kläglich kleingeratenen Kugel am Schluß verdeutlicht einprägsam das Problem aller künstlerischen Gestaltung: daß die dargestellte Wirklichkeit und die Art ihrer Darstellung einander möglichst vollkommen entsprechen sollten.
Aber die Sorge, daß »die Kugel nicht zu klein gerät«, geht auch mich selber an, etwa in der Art, wie ich mich auf vergangene Dinge zu besinnen versuche, so daß keine zusammengestutzte Erinnerung daraus wird, oder wie ich über einen Menschen rede, der nicht anwesend ist, so daß ich annähernd seinem Wesen gerecht werde.
Es gibt indessen, von diesem Bild ausgehend, eine noch tiefer lotende Möglichkeit der Selbsterfahrung: daß ich meine bisherige Entwicklung als Wachstum eines Baumes betrachte, die zugleich erkennen läßt, wie ich mein Leben »gestaltet« habe.

◆ *Zum Vergleich:* Martin Buber, Die Frage der Fragen, in diesem Kapitel Nr. 28.
◆ *Bibelstellen:* Sir. 6,18–20; 15,1–4.

# 25

Bertolt Brecht, Das Wiedersehen

◆ *Themen:* Selbstsein, Identität, Veränderung, Wachstum

*Anmerkungen und Anregungen*

Auch wenn diese Geschichte schon oft verwendet worden ist, gehört sie doch als längst klassischer Text an diese Stelle, wo hervorzuheben ist, daß zur Identität des Menschen sein Wachstum und damit auch seine Fähigkeit, sich zu ändern, gehört.
Es ist eigenartig, daß dieser Text, der Brechts marxistische Grundanschauung von der Veränderbarkeit der gesellschaftlichen Verhältnisse derart existentiell auf den Menschen selbst anwandte, soviel Zeit brauchte, um z. B. in christlichen Kreisen als schlüssig akzeptiert zu werden, wo man doch vom Evangelium her besonders sensibel dafür hätte sein sollen, zu dem gleich eingangs der Ausruf »Ändert euren Sinn!« gehört.
Im herkömmlichen Denken begegnet uns noch weithin das Vorurteil, als wäre Unveränderlichkeit das Positive, mit Charakterfestigkeit und Verläßlichkeit gleichzusetzen, und als hätte die Fähigkeit zur Veränderung im Gegenteil mit Charakterschwäche und Unverläßlichkeit zu tun.
Um noch einmal eine grundsätzlich christliche Perspektive in Erinnerung zu rufen: es gilt gerade heute, daß wir uns selbst konkret an eine »Theologie der Hoffnung« halten, wonach für uns selbst wie für unsere Mitmenschen die Chance der Veränderung in eigenen Einstellungen und Verhaltensweisen stetig offenzuhalten ist.

◆ *Zum Vergleich:* Bertolt Brecht, Gespräche, in diesem Band Nr. 102.
◆ *Bibelstellen:* Eph. 4,23 f; Kol. 3,9 f.

# 26

Victor Auburtin, Der allzeit tätige Mann

◆ *Themen:* Selbstsein, Wahrnehmen, Lebensgestaltung

Nach der »Moral von der Geschicht'« braucht man nicht lange zu suchen. Sie liegt im Fazit dieses Lebenslaufs, hatte der allzeit tätige Mann doch »niemals etwas getan, sondern immer nur ein Nächstes vorbereitet«, mit anderen Worten: er hatte sich nie die Zeit gelassen, den gegenwärtigen Moment wahrzunehmen, sei es im Erleben und Genießen, sei es im Vollbringen einer Aufgabe. So hatte auch sein Wesen etwas Unfertiges an sich.
Der Gestalttherapie verdanken wir eine ganze Reihe von Übungen, die gerade auf das Wahrnehmungsvermögen für das Hier und Jetzt abzielen: daß man sich etwa Einzelheiten des Raumes, in dem man sich befindet, oder eines Ausblicks in die Landschaft einzuprägen versucht, um sich dies dann mit geschlossenen Augen vorzustellen. Bei wieder geöffneten Augen merkt man im allgemeinen überrascht, wieviel intensiver die Farben wirken (vgl. hierzu O. Stevens, Die Kunst der Wahrnehmung, München 1981[6]).
Dies ist natürlich nur ein Schritt, um aus der Rastlosigkeit herauszutreten und für eine gewisse Zeit zum Verweilen zu kommen. Andere Fragen tun sich auf: Kann ich mich aufs Zuhören konzentrieren, also ohne bald eigenen Gedanken nachzuhängen? Lasse ich mich leicht vom Vollzug einer Arbeit ablenken? Gönne ich mir den Genuß einer Mahlzeit, wenn ich mit einem Freund verabredet bin, oder fange ich gleich mit Fachsimpeln an? Fällt es mir schwer, mich auf einen überraschenden Besucher umzustellen, der das Gespräch mit mir braucht? In allen solchen Dingen sind Erprobungen enthalten, wie es letztlich mit unserer Geistesgegenwart bestellt ist.

◆ *Zum Vergleich:* Was du tust, das tue ganz, in diesem Band Nr. 131; Josef Hen, Der Tod des Millionärs, GzN 20–24.
◆ *Bibelstellen:* Pred. 3,1–14; Luk. 10,38–42.

## 27

Kahlil Gibran, Die sieben Ich

◆ *Themen:* Selbstsein, Ich-Zustände, Transaktionsanalyse

*Anmerkungen und Anregungen*

Die Transaktionsanalyse unterscheidet zwischen drei Ich-Zuständen, dem Eltern-, dem Kind- und dem Erwachsenen-Ich, um damit unterschiedlichen Einstellungen und Verhaltensweisen auf die Spur zu kommen. Eine solche Einteilung nimmt sich freilich recht schematisch und rational aus, verglichen mit dem farbigen Spektrum, das der libanesische Weise zur Entfaltung bringt.
Es soll hier gar nicht erst der Versuch unternommen werden, diesen Text irgendwie »auszuwerten«. Doch eine Empfehlung ist wohl am Platze: es lohnt sich, nach der Lektüre die zwei Ichs anzukreuzen, auf die man beim Lesen am stärksten reagiert hatte, um weiter darüber nachzudenken, oder, wenn gleichzeitig auch andere in einer Gruppe damit beschäftigt sind, sich anschließend darüber auszutauschen.

◆ *Zum Vergleich:* Marie Luise Kaschnitz, Das dicke Kind, GzW 19–24; Dietrich Bonhoeffer, Wer bin ich?, in: Widerstand und Ergebung, München 1966, 242 f.

## 28

Martin Buber, Die Frage der Fragen

◆ *Themen:* Selbstsein, Identität, Verantwortung, Lebensende

*Anmerkungen und Anregungen*

Die Geschichte von Susja ist eines der edelsten Beispiele, wie sich das Traditionsgut Israels in der nachbiblischen, ja nahezu modernen Weisheitsliteratur lebendig fortgesetzt hat. Hier offenbart sich noch einmal die ganze Spannweite, was Identität sozusagen vor Gottes Augen bedeutet: frei zu werden vom Anspruch, als müßte ich diesem oder jenem Vorbild gleichkommen; frei zu werden auch für die Möglichkeiten, die in mir angelegt sind und zu denen ich mich entwickeln kann; frei zu werden schließlich zur Hinnahme der Grenzen, in denen mein Leben verläuft.

*Ergänzender Text:*
Ich heiße nicht Columbus.
Einen neuen Erdteil
kann ich nicht entdecken.
Dafür weiß ich
ein anderes Abenteuer –
Meine eigene Welt
werde ich mir entdecken.

Ich bin auch nicht Heisenberg.
Über meine Zensuren in Physik
wollen wir jetzt nicht reden.
Doch habe ich schon begriffen:
Modern sein
zeigt sich nicht im Kostüm,
sondern in Aufmerksamkeit.

Ich heiße nicht Albert Schweitzer.
Und ich rechne auch nicht damit,
daß die Zeitungen einmal
über mich schreiben.
Aber ich werde nicht loskommen
von der Frage:
Wo wartet auf mich
mein Lambarene?

(Ulrich Kabitz)

◆ *Zum Vergleich:* Dietrich Bonhoeffer, Vom Fragment unseres Lebens, in: Widerstand und Ergebung, München 1970, 245 f.

◆ *Bibelstellen:* Matth. 25,21; Offb. 2,10.

# WAGNIS

*Wer zur Quelle will, muß gegen den Strom schwimmen*
*Sprichwort*

Wagen heißt Sicherheiten verlassen, etwas aufs Spiel setzen, ein Risiko eingehen mit der Gefahr zu verlieren, aber auch mit der Chance – was auch immer – zu gewinnen. Der Bereitschaft zum Wagnis geht somit eine Glaubenshaltung voraus.

Wenn wir die Gewähr haben, daß es sich für uns lohnt, sind wir gern bereit, etwas einzusetzen. Wenn wir jedoch befürchten müssen, zu wenig oder nichts zurückzubekommen, halten wir unsern Einsatz möglichst gering. Wir merken nicht oder zu spät, daß wir uns damit oft selbst betrügen (29).

Meist neigen wir dazu, Schwierigkeiten aus dem Weg zu gehen, uns dort herauszuhalten, wo es für uns unangenehm, lästig oder gar gefährlich werden könnte. Wir haben Angst, wir wollen unsre Ruhe haben, wir schalten einfach ab. Vielleicht sogar, wenn es um ein Menschenleben geht (30).

Wagen heißt allerdings nicht, sich blindlings in eine Gefahr stürzen. Es hat keinen Sinn, mit dem Kopf durch die Wand zu wollen. Manches geht unerwartet leicht, wenn man den Verstand gebraucht (31) und sich nicht auf den ersten Eindruck verläßt (32). Die Überlegung lohnt sich, wie unnötige Aufopferung vermieden werden kann, denn Mut als Waghalsigkeit entsteht aus einem Mangel an Denken. Und falsches Märtyrertum dient keinem noch so guten Zweck (33).

Es kann auch sein, daß wir die Rolle des Starken spielen, weil andere es von uns erwarten, weil wir zu wenig Mut zu uns selber haben, zu unserer Schwäche, zu unserer eigenen Meinung (34). So ist das größte Wagnis eigentlich dies: man selbst zu sein (35). Wenn uns das gelingt, können wir mehr Freiheit und größere Intensität erlangen. Aber es wächst auch die Gefährdung (36). Wir müssen selbst entscheiden, welchen Weg wir wählen. In der realistischen Einschätzung

unserer Möglichkeiten können wir es lernen, die Schwierigkeiten nicht ängstlich zu meiden und uns in Scheinsicherheiten zu flüchten, sondern ihnen angemessen zu begegnen (37). Das schaffen wir selten ohne den Beistand und die Solidarität der andern (38).
Dabei brauchen wir die Ziele nicht zu hoch anzusetzen, denn »niemand erwartet von dir, die ganze Wüste zum Grünen zu bringen. Deine Aufgabe ist es, einer Blume Leben zu geben, mehr nicht« (39). Aber das ist schon viel, besonders wenn die Erfahrung und der Augenschein gegen den Erfolg sprechen. Das Dennoch des Lebens gegen die Übermacht der Zerstörung kann der Sieg des Lebens sein (40).

*L. G.*

## 29

H. L. Gee, Das Reiskorn

◆ *Themen:* Wagnis, Geben und Nehmen, Liebe, Vertrauen

*Anmerkungen und Anregungen*

Zwei Schwerpunkte sehe ich in dieser Geschichte:
1. Der Arme kann sich nicht vorstellen, daß er dem Reichen etwas zu schenken hätte, daß die Rollen vertauscht sein könnten.
Glauben auch wir, daß Geben immer nur nach der einen Seite, nämlich von oben nach unten möglich ist? Was kann ein Armer einem Reichen schenken? Was ein Kranker einem Gesunden? Was ein »Dummer« einem »Klugen«?
2. Wer gibt, bekommt oft vielfältig zurück. Man kann damit aber keine Rechnung aufmachen!
Ergänzende Gedanken:
»Warum ist Sicherung stets nur die Sicherung gegen mögliche andere, jedoch selten gegen uns selbst? Offenbar richtet sich unsere Angst, zu kurz zu kommen, nur auf die mögliche Beeinträchtigung unserer Wünsche durch andere, nicht dagegen auf unsere eigene Unfähigkeit, brachliegende Kräfte, Begabungen und Anstrengungen in den Dienst anderer zu stellen, im Vertrauen darauf, daß die darin liegende Unsicherheit, je eine Erfüllung unserer Wünsche zu finden, die

einzige Sicherheit wäre, die uns menschliches Leben zu geben vermag« (Tobias Brocher).
»Die einzige Sicherheit ist die Unsicherheit« (Peter Wust).

◆ *Zum Vergleich:* Die kleinen Leute von Swabedoo, GzW 239–242.
◆ *Bibelstellen:* Matth. 13,44 f; Mark. 12,41–44; Joh. 4,1 ff; Apg. 20,35.

## 30

Anonym

◆ *Themen:* Wagnis, Nächstenliebe, Verantwortung, Schuld, Gewalt

*Anmerkungen und Anregungen*

Ergänzende Gedanken:
»Es ist merkwürdig und beunruhigend, wie nach Verlauf von zweitausend Jahren die ethische Grundfrage dieselbe geblieben ist, nur ist sie dringlicher geworden, und wer heute sagt: Liebet einander, weiß, daß nicht mehr viel Zeit dazu übrig ist« (Elias Canetti).
Woran liegt es, daß wir uns immer mehr aus der Verantwortung füreinander zurückziehen? Ist nur die Großstadt daran schuld?

◆ *Zum Vergleich:* Heinz Liepmann, Eine Gerichtsverhandlung in New York, GzN 56–58; Max von der Grün, Das Stenogramm, GzN 61–65.
◆ *Bibelstellen:* 1. Mose 4,9; Luk. 10,30 ff.

## 31

Erika Grube, Blindlings

◆ *Themen:* Wagnis, Sinn, Erkenntnis, Suchen

*Anmerkungen und Anregungen*

1. Meditation: Ich bin der Schmetterling ... Ich fliege gegen

die Scheibe, immer und immer wieder ... Ich fühle ... Kenne ich dieses Gefühl aus meinem eigenen Leben? Wann habe ich es zum ersten Mal gehabt? Wann heute noch?
2. Was symbolisiert für mich das Verhalten des Schmetterlings? Ungeduld, Ausdauer, Unüberlegtheit, Beschränktheit, Sinnlosigkeit oder ...?
3. So wie der Schmetterling sind auch wir auf unsere Erkenntnisbereiche beschränkt.

◆ *Bibelstellen:* Jer. 29,12–14.

## 32

Nossrat Peseschkian, Vom Mut eine Probe zu wagen

◆ *Themen:* Wagnis, Initiative, Autorität

*Anmerkungen und Anregungen*

Worte können ermutigen und entmutigen. Warum lassen sich die meisten vom Wort des Königs einschüchtern, warum glauben sie ihm unbesehen?
Es lassen sich Parallelen in der Erziehung finden, im Verhältnis zu Autoritäten überhaupt.
Die Geschichte vom Fischzug des Petrus bietet sich zum Vergleich an. Jesu Wort ermutigt den Petrus, das scheinbar Unmögliche zu wagen, während das Wort des Königs das Einfache unmöglich erscheinen läßt.

◆ *Zum Vergleich:* Theodor Weißenborn, Der Sprung ins Ungewisse, GzN 44–50.
◆ *Bibelstellen:* Luk. 5,1–11.

## 33

Jairo Aníbal Niño, Der schlaue Maler

◆ *Themen:* Gewalt, Widerstand, Phantasie

*Anmerkungen und Anregungen*

Hier wird die Frage nach den Möglichkeiten des passiven

(und damit gewaltfreien) Widerstands angeschnitten. Daß sich Gewalt oft überlisten läßt, zeigen bekanntgewordene Erfahrungen aus Diktaturen. Auch aus dem »Dritten Reich«. Ein utopischer Traum: Diktaturen so von unten her aushöhlen können ...
Übrigens: den Israeliten des Alten Testaments hat es nicht an Phantasie gemangelt, wenn es um ihren Widerstand gegen fremde Herrschaft ging.

◆ *Bibelstellen:* Matth. 10,16.

## 34

Friedrich Nietzsche, Der Märtyrer wider Willen

◆ *Themen:* Wagnis, Heldentum, Selbstsein

*Anmerkungen und Anregungen*

Was ist ein Held? Wer oder was macht einen dazu? (Vgl. hierzu die Ausführungen in GzN, Lehrerhandbuch, 53 ff.)
Ergänzender Text:
»Der Mann, der für Lob zu allem zu haben ist, man muß ihm nur oft genug sagen, wie gut er ist. Er ist bereit, einen Mord zu begehen, um als gut zu gelten« (Elias Canetti).

◆ *Zum Vergleich:* Annette Rauert, Der Schritt zurück, GzN 50 f.

## 35

Jean Anouilh, Die Eiche und das Schilfrohr

◆ *Themen:* Wagnis, Standhalten, Anpassung

*Anmerkungen und Anregungen*

Anouilh kommt zu einem gegenteiligen Schluß wie La Fontaine in seiner bekannten Fabel. Wer hat recht? Ist es besser, sich zu beugen oder standzuhalten? Beides kann je nach Situation nötig sein. Wichtig ist, daß kein Prinzip aus dem einen oder andern gemacht wird, daß es sich um keine

Lebenshaltung handelt. Es muß die freie Entscheidung eines bewußten Ichs dahinterstehen.
Meditiation: Ich bin die Eiche ... Ich spüre die ersten Anzeichen des Sturmes ... Er rüttelt an meinen Zweigen ...
Ich bin das Schilfrohr ... Ich spüre, wie der Sturm mich peitscht, mich hierhin und dorthin beugt ...

◆ *Zum Vergleich:* Hermann Gilhaus, Der Adler, GzN 14 f; Theodor Weißenborn, Der Sprung ins Ungewisse, GzN 44–50; Annette Rauert, Der Schritt zurück, GzN 50 f.
◆ *Bibelstellen:* Matth. 7,24–27.

## 36

Franz Hohler, Die ungleichen Regenwürmer

◆ *Themen:* Wagnis, Freiheit, Lebenslust, Sicherheit

*Anmerkungen und Anregungen*

Die Bereitschaft, sich auf mehr Leben und größere Freiheit einzulassen, vernachlässigt die Frage nach den Sicherheiten. Aber bedeutet ein langes Leben zugleich auch ein erfülltes Leben? Die Entscheidung für die eine oder andere Daseinsweise ist nicht einfach mit »richtig« oder »falsch« zu beurteilen. Interessant wären die Gründe für den jeweiligen Entschluß: etwa Langeweile, Abenteuerlust, Unstetigkeit, Aufgeschlossenheit, Offenheit für Neues, der Wunsch nach bewußterem Leben bei dem einen; Angst, Bequemlichkeit, mangelnde Flexibilität oder der Wunsch nach Sicherheit, Genügsamkeit, Zufriedenheit beim anderen. Oder?

◆ *Zum Vergleich:* Hermann Gilhaus, Der Adler, GzN 14 f; Bertolt Brecht, In der Erwartung großer Stürme, in diesem Band Nr. 37.
◆ *Bibelstellen:* Matth. 8,20; Luk. 5,11; 18,28 ff.

## 37

Bertolt Brecht, In der Erwartung großer Stürme

◆ *Themen:* Wagnis, Gefahr, Sicherheit

*Anmerkungen und Anregungen*

Der Autor hält es für klug, die Gefahr dadurch abzufangen, daß man sich mit Geschick auf sie einläßt. Sich anklammern, festhalten kann gefährlicher sein als loszulassen. Es gibt vermeintliche Sicherheiten, die eben nur Scheinsicherheiten sind. Sie als solche zu erkennen, ist nicht immer einfach.
Meditation: Ich bin das Boot ... Ich bin festgetaut ... Die Wogen zerren an mir, werfen mich ans Ufer ...
Ich bin das Boot ... Ich bin auf offener See ... Ich steige und falle mit den Wogen, sie begraben mich unter sich und spülen mich wieder hoch ... Ich merke, daß mich eine sichere Hand lenkt ...
Ich bin der Lenker des Bootes ...
Wie fühle ich mich jeweils? Wann geht es mir ähnlich?

◆ *Bibelstellen:* Matth. 22,15–22; Apg. 25,9–12.

## 38

Papst Johannes Paul II., Alleingelassen

◆ *Themen:* Wagnis, Solidarität, Einsamkeit

*Anmerkungen und Anregungen*

Warum liefen die Soldaten nicht mit? Aus Furcht, aus Mangel an Kampfgeist, durch ein Mißverständnis oder aus besserer Einschätzung der Situation? Für die Einsamkeit des Fähnrichs macht das keinen Unterschied.
Hätten die Soldaten in jedem Fall solidarisch sein müssen? Unter welchen Voraussetzungen wäre dem Fähnrich diese Erfahrung erspart geblieben?
Wann ging es mir wie dem Fähnrich? Wann wie den Soldaten?

◆ *Bibelstellen:* Matth. 26,33–35.

# 39

Der Brunnen

◆ *Themen:* Wagnis, Zuversicht, Hoffnung

*Anmerkungen und Anregungen*

Vielleicht kann auch die allerletzte übriggebliebene Quelle wieder der Anfang eines neuen Flusses werden ...
Ergänzender Text:
»Was ich persönlich aus den Erfahrungen gelernt habe, die ich mit der Hoffnung gemacht habe, ist dies: Hoffnung ist mehr als Gefühl, Hoffnung ist mehr als Erfahrung. Hoffnung ist mehr als Voraussicht: Hoffnung ist ein Befehl. Ihm zu gehorchen heißt: Leben, Überleben, Ausharren, das Leben durchhalten bis der Tod in den Sieg verschlungen wird. Ihm gehorchen heißt: niemals resigniert oder wütend der Vernichtung Raum geben« (Jürgen Moltmann, Gotteserfahrungen, München 1979, 9).

◆ *Zum Vergleich:* Alexander Solschenizyn, Der Ulmenstamm, in diesem Band Nr. 40; Ernst Lange, Der Dreckspatz, GzN 187–189; Kurt Marti, Der Fürst, GzN 194–197.
◆ *Bibelstellen:* Joh, 7,37 f.

# 40

Alexander Solschenizyn, Der Ulmenstamm

◆ *Themen:* Wagnis, Hoffnung, Zuversicht

*Anmerkungen und Anregungen*

»Das Leben ist stärker als alle Kräfte der Zerstörung.« Wie geht es mir mit diesem Satz angesichts der atomaren Bedrohung?
»Die größte Anstrengung des Lebens ist, sich nicht an den Tod zu gewöhnen« (Elias Canetti).

◆ *Zum Vergleich:* Der Brunnen, in diesem Band Nr. 39.
◆ *Bibelstellen:* Am. 5,4; Joh. 11,25; 14,19; 1. Kor. 3,14.

# VERANTWORTEN

*Es ist meine Schuld, meine ganz persönliche Schuld,*
*wenn die Welt elend ist*
*F. Dostojewski*

Es ist das Schicksal des Menschen, im Lebensvollzug schuldig zu werden. Es braucht wohl eine immerwährende Anstrengung, dies akzeptieren zu können. Wie gerne und wie leicht weiche ich doch der Übernahme von Schuld aus. Ich verdränge meinen Anteil an der Schuld.

Die Umstände, das Schicksal wird verantwortlich gemacht, wo ich mich vielleicht nach meiner persönlichen Schuld fragen müßte (41, 42, 47).

Oder nach dem gängigeren Mechanismus wird die eigene Schuld auf andere projiziert. Dann, und meistens nur dann, wenn sie auf den Andern bezogen wird, bekommt die Schuldfrage eine überdimensionale Bedeutung. Grotesk wird sie geradezu bei Auseinandersetzungen in der Ehe, wenn nur noch nach der Schuld des Partners gefragt wird und diese sogar gerichtlich festgestellt werden soll.

Schuld kann gar nicht isoliert und auf einen einzigen Menschen bezogen werden. Schuld ist wie die Vergebung ein Beziehungsphänomen. Die Frage »Wer ist schuld?« bleibt an der Oberfläche. Es müßte weiter nach dem »Warum« gefragt werden (43, 45).

Soziale Gründe für schuldhaftes Verhalten sind dann vielleicht eruierbar (44). Da aber damit meistens eine eigene Mitverantwortung in Sicht kommt, werden »mildernde Umstände« oft heftig bekämpft.

Vielleicht müssen wir uns heute auch wieder sagen lassen, daß oft keine Schuld feststellbar ist (49). Es gibt unangenehme Dinge, Schmerzen, Leid, die hinzunehmen wir lernen müssen, auch wenn wir in einer machbar gewordenen Welt das nicht wahrhaben wollen (48).

Das meint nicht fatalistisches Hinnehmen von »Schicksal«, wenn entfernte Mächte (die da oben) für Schuld verantwortlich gemacht werden müßten (49). Akzeptieren von unabwendbaren Dingen (Tod) bedeutet nicht Resignation. Wo Kampf am Platz ist, muß er geleistet werden bis zum Widerstand (50, 46).

*M. L.*

## 41

Der Dritte in diesem Jahr

◆ *Themen:* Verantwortung, Selbstmord, Jugendliche, Veränderung

*Anmerkungen und Anregungen*

Die Motive des Menschen, der sich das Leben nimmt, werden zwangsläufig nicht verstanden, wenn man für ihn im Leben kein Verständnis gefunden hat. Aber kann ein Mensch verantwortlich gemacht werden, wenn er sich nicht in den anderen einfühlen kann? Einfühlung in einen anderen Menschen bedeutet immer auch Veränderung. Und ist das nicht zuviel verlangt?

◆ *Zum Vergleich:* GzN Lehrerhandbuch, 75 f und 80 ff.
◆ *Bibelstellen:* 1. Mose 4,9.

## 42

Franz Hohler, Die Hinrichtung

◆ *Themen:* Verantwortung, Schuld, Schicksal

*Anmerkungen und Anregungen*

Was wir als Unfall bezeichnen, stellt Hohler in Frage, indem er dafür das Wort »Hinrichtung« verwendet. Damit wird die Frage gestellt, ob hinter einem Unfall Schicksal oder Schuld steht. Die Geschichte sagt mir allerdings: Wer wagt das zu entscheiden?

◆ *Zum Vergleich:* Ernst Eggimann, Radstand, GzW 59–64.
◆ *Bibelstellen:* Joh. 8,1–11.

## 43

Bertolt Brecht, Über die Unfruchtbarkeit

◆ *Themen:* Verantwortung, Schuld

*Anmerkungen und Anregungen*

Bert Brecht fragt nach »mildernden Umständen«.
Man könnte weitere Beispiele erfinden.
Zum Beispiel: Der Mensch, der das Gesetz bricht
Wird Verbrecher gescholten, aber wer untersucht die Erziehung.
Prägnant bringt Brecht so einzelnes Versagen in seinen Kontext. Er durchbricht damit die oft verheerende einlinige Sicht von Ursache und Wirkung, die nicht auf das (Fehl-) Verhalten von Menschen angewendet werden kann.

◆ *Bibelstellen:* Matth. 15,13; Joh. 15,1–8.

## 44

Tullio und Giò Vinay, Rache

◆ *Themen:* Verantwortung, Schuld, Erziehung

*Anmerkungen und Anregungen*

In einem schrecklichen Beispiel wird bestätigt, was im vorigen Text Brecht gleichsam spielerisch behauptet hatte: Jede Tat muß in ihrem Kontext begriffen werden.
Die Tat dieser Kinder kann man nur auf dem Boden einer gewalttätigen Gesellschaft verstehen.
Weil es sich in dieser Geschichte beim Missetäter um ein Kind handelt, ist jeder bereit, die Frage der Verantwortlichkeit weiter zu ziehen und an seine Eltern, an sein Milieu, an die ganze Gesellschaft zu richten.
Und wenn die gleiche Tat durch einen Erwachsenen geschehen ist? Wo liegt die Grenze der Eigenverantwortlichkeit? Bei einem bestimmten Alter? Wo liegt die Grenze der Zurechnungsfähigkeit?
– Zu diskutieren wäre etwa, was mit Rosario jetzt zu geschehen hat.

Weiter: Wie reagieren die Eltern von Mario? Wie reagieren Lehrer, Kameraden? Welche Taten und Worte wären nötig in einer Stadt, in der eine solche gewalttätige Atmosphäre herrscht?

◆ *Zum Vergleich:* Shirley Jackson, Die Lotterie, GzW 51–58; Lore Graf, Er zeigte keine Reue, GzN 68 f; Josef Reding, Der Gegenschlag, GzN 70–72.
◆ *Bibelstellen:* Matth. 5,38–48.

## 45

Theo Schmich, Produkte

◆ *Themen:* Verantwortung, Erziehung, Selbstmord

*Anmerkungen und Anregungen*

Ein junger Mann ist so auffällig, daß man ihn zum Arzt bringt. Welches sind seine Symptome? Drogenabhängigkeit, Depressivität, Schizophrenie, Minderwertigkeitskomplexe? Kann man aus den vorhandenen Angaben auf das Symptom schließen?
Ist ein Mensch überhaupt so sehr das Produkt seines Milieus? Gibt es nicht auch Erbanlagen? Zu dieser Frage ist lesenswert das Buch von Erich Fromm, Die Seele des Menschen, Stuttgart 1979, besonders Kap. 6.

◆ *Zum Vergleich:* Heike Doutiné, Die Niete, GzN 87–92; Ernst Eggimann, Der Lehrer teilt die Probenhefte aus, GzN 86 f; Franz Hohler, Bedingungen für die Nahrungsaufnahme, GzW 202–205.
◆ *Bibelstellen:* Matth. 11,28–30.

## 46

James Thurber,
Die Kaninchen, die an allem schuld waren

◆ *Themen:* Verantwortung, Politik, Gewalt, Ideologie

*Anmerkungen und Anregungen*

Recht hat der Stärkere. Diese Philosophie wird mit der Fabel dargestellt. Durch die Übertreibungen wird allerdings die Ironie sichtbar. Die Fabel will das Recht des Stärkeren nicht stützen, sondern in Frage stellen.
Wenn der Stärkere einen Grund braucht zur Vernichtung des Schwächeren, so wird er diesen immer finden. Die Wölfe legen ihrer Rechtfertigung eine Auffassung ihrer Gegner zugrunde und schlagen sie so mit ihrer eigenen Waffe: »Dies ist keine Welt für Ausreißer.«
Die Fabel eignet sich für eine Diskussion über Verhaltensnormen im Bereich des menschlichen Zusammenlebens.

◆ *Zum Vergleich:* Kurt Kusenberg, Ein verächtlicher Blick, GzN 238; Mauro Pellegrini, War José anders? GzW 277; Reinhard Lettau, Herr Strich schreitet zum Äußersten, GzW 288. Vgl. auch Text 162 in diesem Buch.
◆ *Bibelstellen:* Matth. 5,38–42; 5,43–48; 1. Kor. 2,1–5.

## 47

Franz Kafka, Eine Gemeinschaft von Schurken

◆ *Themen:* Verantwortung, Politik, Geschäftsleben, Gerechtigkeit, Vergebung

*Anmerkungen und Anregungen*

Wo finden wir diese Gemeinschaft von Schurken? Es ist interessant, Antworten auf diese Fragen von Menschen einer ganzen Gruppe oder Klasse zu hören.
Bei Jugendlichen ist es schwierig zu vermeiden, daß sie allzu schnell in das Vorurteil geraten, die Welt der Erwachsenen sei durchwegs dieser hier beschriebenen Schurkerei gleichzusetzen. Wenn das geschieht, möchte ich einzelne konkrete Beispiele aus der Geschäftswelt an dieser Geschichte messen lassen. Auch aus der Politik lassen sich konkrete Beispiele dazu finden.

◆ *Zum Vergleich:* Wir sind anständige Leute, GzN 67 f; Paul G. Lendle, Ein prächtiger Mensch, GzN 74–82.
◆ *Bibelstellen:* Matth. 5,43 ff; 23,1–12; Luk. 18,9–14.

# 48

Liä Dse, Der Weg zur Unsterblichkeit

◆ *Themen:* Verantwortung, Gott, Tod

*Anmerkungen und Anregungen*

Verstehen wir unter »Unsterblichkeit«, daß der Mensch nicht mehr im physischen Sinn sterben muß, so ist die Geschichte ein Witz. Insofern wird dieses Verständnis von Unsterblichkeit ad absurdum geführt und zugleich auf eine tiefere Bedeutung dieses Wortes hingewiesen.
Angesprochen wird Unsterblichkeit als Leben über den physischen Tod hinaus. Sie ist damit auch als Transzendierung des irdischen Lebens gemeint. Dabei scheint mir nicht entscheidend zu sein, ob diese Unsterblichkeit als Auferstehung, als Reinkarnation oder als Fortleben in den Gedanken anderer Menschen verstanden wird.
Die Antwort auf diese Fragen hat der Mann gerade mitgenommen in seinen Tod. Es bleibt dem Fürsten von Yän, es bleibt mir nichts anderes übrig, als durch eigene Anstrengungen das Geheimnis der Unsterblichkeit und d. h. auch des Todes zu lüften.

◆ *Zum Vergleich:* E. Fayet-Bietenhader, Die lange Nacht, GzN 261–265.
◆ *Bibelstellen:* Matth. 16,25; Joh. 14,6.

# 49

Max Frisch, Gefangene

◆ *Themen:* Verantwortung, Nächstenliebe, Schuld, Schicksal, Gott

*Anmerkungen und Anregungen*

Die Geschichte erschüttert mich, gleichgültig in welche Person ich mich versetze.
Welche Verantwortung nimmt der Russe auf sich mit seinem spontanen Handeln? Hätte er weniger spontan eingreifen sollen? Wäre er dann der Verantwortung besser gerecht geworden?

Was ist das für eine Macht, Schicksal oder Gott oder einfach der russische Mann, die in das Leben des ersten Gefangenen so hilfreich und in das des Passanten so zerschmetternd eingreift? Wie erzählt der Freigelassene sein Erlebnis einem Freund, wie der Passant?
Schülern kann die Problematik näher gebracht werden, indem sie sich mit den Beteiligten identifizieren: Der Russe soll sein Tun begründen, die beiden andern ihr Erlebnis aus der Rückschau erzählen.

◆ *Zum Vergleich:* Heinz Liepmann, Eine Gerichtsverhandlung in New York, GzN 56–58; Ernst Lange, Die Kerzen, GzN 197–199; Wolfdietrich Schnurre, Jenö war mein Freund, GzN 157–160.
◆ *Bibelstellen:* Matth. 25,40.

# 50

Franz Gypkens, Afrikanisches Märchen

◆ *Themen:* Verantwortung, Schicksal, das Böse, Widerstand

*Anmerkungen und Anregungen*

Ist dieses Märchen auf Menschen übertragbar? Werden also Menschen auch stärker durch Belastungen? Gilt das für alle Arten von Belastungen?
Immerhin kann die Palme auf eine verborgene Wasserader zurückgreifen. Was wäre sonst aus ihr geworden? Was wird aus einem Menschen, der bei Belastungen auf keine Quellen (frühkindliche Geborgenheit) zurückgreifen kann? Wo liegen die ergiebigen Quellen für einen Menschen? Bei seinem Glauben an einen Gott, bei einer Erziehung in einem tragfähigen und liebesbetonten Milieu?

◆ *Zum Vergleich:* Theodor Weißenborn, Der Sprung ins Ungewisse, GzN 44–51; Ernst Lange, Sprung von der Mauer, GzW 39.
◆ *Bibelstellen:* Matth. 11,28; Röm. 8,28.

# VERTRAUEN

*Das Ur-Vertrauen ist der Eckstein der gesunden Persönlichkeit*
*E. H. Erikson*

Erik H. Eriksons Begriff vom »Grundvertrauen« als erster Wachstumsstufe des Menschen hat sich dermaßen bewährt und eingeprägt, daß auch wir ihn an dieser Stelle dankbar aufgreifen. Gemeint ist damit, daß für alle spätere Lebenszeit in früher Kindheit der Grund dafür gelegt wird, ob ein Mensch zu Vertrauen oder Mißtrauen neigt (51), ob er Selbstvertrauen an den Tag legt oder selbstunsicher auftritt.

Hier tut sich nun gleich die eigenartige Spannung auf, daß der christliche Glaube ja auf seine Weise ein Grundvertrauen voraussetzt und auch denen zugedacht ist, die selber, wie man so sagt, eigentlich nicht dafür geschaffen sind. Wie lerne ich beispielsweise, im Fremden einen Bruder zu sehen (52)? Und das noch in unserer Zeit, in der einem die gesellschaftlichen und politischen Verhältnisse alles Vertrauen zum Mitmenschen austreiben können (53)?

In diesen Zusammenhang gehört zweifellos als Akt und Sprache des Glaubens das Gebet, in dem der Glaube seinen direktesten Ausdruck findet. In die Vielstimmigkeit der Beter aus allen Zeiten reihen sich die »Gebete, die niemals flügge geworden« ein, so auch das Stammeln des »ungläubigen« modernen Menschen, der sich in äußerster Bedrängnis an den frommen Kinderbrauch erinnert und darin ein Stück Geborgenheit sucht (54, 55).

Man kann es existentiell wie auch religiös verstehen, wenn ein Mensch nicht aus seiner Isolation und Resignation herausfindet und darauf angewiesen ist, daß einer auf ihn zutritt und ihm seine Hand entgegenstreckt (56, 57). Ob es wohl eine Überredung zum Vertrauen gibt, die sich als Hilfe zur Selbsthilfe auswirkt? Doch was sich so zwischen einzelnen Menschen heranzubilden vermag, läßt sich auch auf politische Gegebenheiten übertragen, in denen es mehr denn je auf »vertrauensbildende Maßnahmen« ankommt (58) und das Handeln der Christen aus Glauben neu herausgefordert ist.

*U. K.*

## 51

H. L. Gee, Aesop gibt Auskunft

◆ *Themen:* Vertrauen, Optimismus, Pessimismus

*Anmerkungen und Anregungen*

Ergänzender Text:
»Es gibt Gemüter, die allen Dingen die böse, andere, die ihnen die gute Seite abgewinnen. Die ersten finden Stoff zu Klagen in jeder Freude, die andern Stoff zur Freude in jedem Jammer; die einen schütten Galle in jeden Honigtopf, die andern Balsam in jede Wunde, die einen nehmen jeden Zufall übel, die andern verzeihen jedes Wehtun; die einen sind gar unglückliche Gemüter, schlechten Jahren vergleichbar, wo nichts wachsen will, während es noch um so lieber hagelt; die andern sind Gemüter wie Mainächte, wo alles auferstehen möchte, alles grünt und duftet« (Jeremias Gotthelf, Leiden und Freuden eines Schulmeisters, Berlin 1885, 57).
Hier wäre zu überlegen, wieweit auf der einen Seite das Vorhandensein eines grundlegenden Vertrauens ausschlaggebend ist und auf der anderen Seite der tiefgreifende Mangel an solchem Vertrauen, ferner wieweit es Möglichkeiten der Veränderung gibt.

◆ *Zum Vergleich:* M. Stähelin, Das Freuspiel, GzW 47–49; Die kleinen Leute von Swabedoo, GzW 239–242.
◆ *Bibelstellen:* Spr. 17,20; Matth. 7,3–5.12.

## 52

Wann beginnt der Tag?

◆ *Themen:* Vertrauen, Mitmenschlichkeit, Menschsein

*Anmerkungen und Anregungen*

Der Text ist von gültiger Schönheit, und damit wirkt er auch sogleich wahr. Obwohl sich doch gleich auch Zweifel einstellen: Ist es tatsächlich so, daß ich in einem Passanten, der mir im Morgengrauen begegnet, den Bruder zu erkennen gewillt bin? Fahre ich früh in der dichtbesetzten S-Bahn zur Arbeit, sehe ich lauter Unbekannte, und gehe ich mittags in ein Restaurant zum Essen, bewege ich mich an den Tischen vorbei, wo schon jemand sitzt, und suche nach einem noch unbesetzten Tisch. Üblicherweise sind wir einander also fremd und halten Abstand voneinander.
Andererseits fallen mir Wanderungen im Gebirge ein, wie es dort Sitte ist, daß man einander beim Begegnen grüßt, und ich kenne das tiefe Aufatmen, wenn endlich nach langem Umherirren in unvertrautem Gelände ein Mensch sichtbar wird oder ein Gehöft. Muß ich also erst in außergewöhnliche Situationen geraten, um vertrauensvoll auf einen fremden Menschen zugehen zu können? Oder was gibt mir die Geschichte sonst zu bedenken, die unverkennbar von einem »Grundvertrauen« zum Mitmenschen geprägt ist?

◆ *Zum Vergleich:* E. M. Cioran, Der Letzte seines Stammes, in diesem Kapitel Nr. 53.
◆ *Bibelstellen:* Matth. 23,8.

## 53

E. M. Cioran, Der Letzte seines Stammes

◆ *Themen:* Dialog, Isolierung, Friedenspädagogik

*Anmerkungen und Anregungen*

Das ist das absolute Gegenteil zur vorigen Geschichte: daß diesem Letzten seines Stammes, der von den Weißen nichts als nur Verfolgung und Unmenschlichkeit kennengelernt hat, alles Vertrauen zum Mitmenschen ausgetrieben und seine Überlebensstrategie einzig darauf ausgerichtet ist, jede Begegnung mit einem Fremden peinlichst zu vermeiden. Die Ehrung, die ihm am Ende zuteil wird, wirkt nach alledem geradezu obszön und beschämend.

Zu jener Zeit hat man das wohl als ungewöhnlichen Fall in den Zeitungen lesen können. Indessen beläßt es der Verfasser dieses Textes nicht bei dem historischen Vorgang, sondern er überträgt das Bild des trostlos umherirrenden Indianers auf eine apokalyptische Situation: daß nach der Menschheitskatastrophe, die über kurz oder lang durch das immense Wettrüsten ausgelöst werden kann, ein Letzter unserer Gattung umherirren könnte ...
Inwiefern hat das etwas mit dem Thema »Vertrauen« zu tun? Nun, als politische Alternative zum Wettrüsten werden zunehmend den maßgebenden Regierungen »vertrauensbildende Maßnahmen« abverlangt. Das Vorhandensein von Vertrauen ist demnach in unseren Zeitläuften auf ein Minimum abgesunken. Gilt das nur für weltpolitische Aspekte? Fängt Friedenspädagogik nicht im persönlichen Umkreis an? Und wie sehen da wohl vertrauensbildende Maßnahmen aus?

◆ *Zum Vergleich:* Josef Reding, Reste einer gestrigen Witterung, GzW 104–108; Helmut Gollwitzer, Ohne Besitz, in diesem Kapitel Nr. 58.
◆ *Bibelstellen:* Joh. 16,33.

## 54

Ernest Hemingway, Das Gebet im Trommelfeuer

◆ *Themen:* Vertrauen, Gebet, Gottesbild, Glaube

*Anmerkungen und Anregungen*

Ergänzender Text:
In Tel Aviv wurde verkündet, daß die Stadt wegen ihrer Sünden mit einer zehn Meter hohen Flutwelle überschwemmt und damit vernichtet werden sollte. Darauf gingen die Moslems in ihre Moscheen, um von Allah eine rasche Versetzung ins Paradies zu erbitten. Christen gingen in ihre Kirchen, hielten Fürbittengottesdienste ab, erbaten die Fürsprache der Heiligen, taten Buße, erflehten die Abwendung des Unheils. Die Juden aber gingen in ihre Synagogen und

beteten: »Herr, unser Gott, es wird schwierig sein, unter zehn Meter Wasser zu leben!«

(Reformierte Kirchenzeitung 1/1982)

Die Spannweite zwischen den beiden Texten ist enorm. Ich frage mich: Warum verspüre ich an der Geschichte von Tel Aviv ein soviel stärkeres Gewicht, während ich andererseits dem jungen Soldaten so nahe bin? Und inwieweit sagen beide Texte etwas Wesentliches aus zum Thema »Vertrauen«?

◆ *Zum Vergleich:* Barbara Imgrund, Beppo und sein Luftballon, GzN 102–104.
◆ *Bibelstellen:* Röm. 8,26.

## 55

Martin Buber, Das volle Bethaus

◆ *Themen:* Vertrauen, Gebet, Glaube

*Anmerkungen und Anregungen*

Was empfinden wir alles, wenn wir ins Innere einer Kirche eintreten? Bestimmte Eigentümlichkeiten am Bau und seiner Ausstattung wirken auf uns ansprechend oder befremdend, lassen uns ein hohes Alter oder ein ungewöhnliches Kunstwerk bestaunen. Dabei bleiben die Gedanken oft gar nicht an Äußerlichkeiten haften; Abbildungen und Inschriften werden für uns zu Spuren der Menschen, deren Frömmigkeit hier daheim war. Ein Kunstführer erklärt uns dann zu einem gotischen Dom, das aufstrebende Gewölbe sei »Stein gewordenes Gebet«, und in einer alpenländischen Dorfkirche ahnen wir, was der Raum an unzähligen Gebeten jeglicher Art in sich aufgenommen hat.
Die vorliegende Geschichte veranlaßt uns zu einer ganz anderen Betrachtungsweise, als müßten wir uns auf einmal an diese kritische Sicht gewöhnen: wieviel andere Intentionen statt Glaubenseifer und frommem Sinn wohl am Bauwerk beteiligt waren und wieviel Gebete auch in christlichen Kirchen derart dahinmodernd den Raum füllen würden, weil sie etwa mit nationaler Überheblichkeit zu einem »Gott der

Deutschen« gesprochen wurden oder in ihren Worten dem alltäglichen Tun widersprachen.
Wir müssen uns das selber bis ins Herz betroffen sagen lassen, um mit Kurt Marti über die »gebete, die niemals flügge geworden« nachzudenken und um uns am Ende seines Gedichtes an diesen Zuspruch zu halten:

»beten um beten zu können im namen von allen
und beten zu können im namen des herrn
der betet für die die nicht beten können«

(Kurt Marti, Schon wieder heute, Neuwied 1982, 25)

◆ *Zum Vergleich:* Elfriede Becker, Das Kind in der Krippe, GzN 109 f; Franz Hohler, Der Rand von Ostermundigen, GzW 301–305.
◆ *Bibelstellen:* Jes. 1,15; Klgl. 3,44; Sir. 35,21; Matth. 23,14.

## 56

Leo Wallner, Eingemauert

◆ *Themen:* Vertrauen, Isolierung, Mißtrauen, Hoffnungslosigkeit, Hilfe zur Selbsthilfe

*Anmerkungen und Anregungen*

Leo Wallner, dem wir den Wortlaut dieser öfter erzählten Geschichte verdanken, hat ihr die folgende gute Deutung angefügt:
»Eingemauert. Dabei hätte er es so leicht. Er müßte nur die Wand entschlossen verlassen, müßte – wenn auch unsicher und torkelnd – geradewegs von ihr fortgehen. Nur, von selber kommt der Betrunkene wohl nicht auf die gute Idee, solang er betrunken ist. Und das kann lange dauern, daß er eingemauert ist.
Ja, wenn da einer käme, der ihn bei der Hand nimmt und wegführt, mit sanfter Gewalt, wenn es nicht anders geht. Es gibt unzählige Menschen, die solchermaßen eingemauert sind, denen irgendeine Litfaßsäule zum imaginären Gefängnis geworden ist. Für viele ist es ihre Einsamkeit und Kontaktlosigkeit, in der sie sich eingeschlossen glauben. Andere werden nicht fertig mit einer großen Enttäuschung,

mit einem Verlust, mit ihrem Trieb, mit ihrem beruflichen Mißerfolg. ›Es hat ja alles keinen Sinn! Ich bin ein Versager! Da komme ich nie heraus!‹
Ausweglosigkeit, Resignation. Radikale Absage an jede Hoffnung. Außer: Ja, wenn da einer käme . . .«
(aus: Gedanken zum Nachdenken, Tyrolia Verlag, Innsbruck/Wien)

◆ *Zum Vergleich:* s. die folgende Geschichte.
◆ *Bibelstellen:* Hebr. 12,12 f.

## 57

H. L. Gee, Der fehlende Türgriff

◆ *Themen:* Vertrauen, Isolierung, Hoffnungslosigkeit, Hilfe zur Selbsthilfe

*Anmerkungen und Anregungen*

Holman Hunt, dieser Name ist heute so gut wie vergessen, und es gibt sicher nur noch wenige, deren Kindheitserinnerungen in ein frommes Haus zurückreichen, wo an der Wand ein Bild dieser Art gehangen hat, im Stil eines späten Nazarenertums.
Halten wir uns statt dessen an das eigentliche Motiv dieser Anekdote, an den fehlenden Türgriff auf dem Bild. Blättere ich zur vorigen Geschichte zurück, wird mir eine seltsame Entsprechung bewußt. Dort hieß es: Ja, wenn da einer käme . . . Hier sagt das Bild: Da ist einer gekommen und streckt die Hand nach dir aus, aber bei all deiner Kraft- und Hilflosigkeit muß dies eine von deiner Seite aus geschehen, daß du ihm die Tür aufmachst und die dargebotene Hand mit deiner Hand erfaßt.
Hilfe zur Selbsthilfe – so ließe sich das Bild mit einem heutigen Begriff auslegen. Und seine tiefe Wahrheit bekräftigt sich immer wieder für diejenigen, die sich in der Nachfolge Jesu auf den Weg machen, um anderen die Hand entgegenzustrecken.

◆ *Zum Vergleich:* Ernst Lange, Sprung von der Mauer, GzW 39.
◆ *Bibelstellen:* Offb. 3,20.

# 58

Helmut Gollwitzer, Ohne Besitz

◆ *Themen:* Vertrauen, Frieden, Gewaltverzicht, Besitz, Sicherheit

*Anmerkungen und Anregungen*

Ergänzender Text:
»›Es gibt keine Feinde, weder persönliche noch politische, denen Gottes Friedenswille nicht gilt... Gottes Frieden verhindert es, daß wir uns vor unseren Feinden sichern müssen, indem wir ihnen zu Feinden werden, daß wir ihrer Drohung mit Gegendrohung und ihrem Schrecken mit Abschreckung begegnen. Es bestimmt uns vielmehr dazu, daß wir unsere Feinde schöpferisch lieben, indem wir ihre Leiden verstehen, unsere eigene Position kritisch überprüfen und uns auf alle Weise bemühen, ihre und unsere Feindschaft abzubauen‹ (aus einer Erklärung des Vorstandes der Gesellschaft für Evangelische Theologie, 1981). Das geht Hand in Hand: bei uns selbst zu solcher schöpferischen Liebe durch den Glauben des Evangeliums frei zu werden *und* dies in politisches Handeln... zu übersetzen und durchzusetzen. Das beginnt mit der konsequenten Absage an die atomare ›Sicherheitspolitik‹ und mit ihrer Bekämpfung und schließt in sich den Kampf für eine Politik, die der anderen Seite die Angst nimmt, statt ihr Angst einzujagen, die also im Vertrauen auf Gottes Güte und Beistand der anderen Seite Vertrauenschancen bietet und sie zu einer gemeinsamen Zukunft einlädt. Ein Nukleus, ein ausstrahlender Kern für Vertrauen schaffende Politik zu sein, das ist die Berufung der Christen in dieser apokalyptischen Zeit« (Helmut Gollwitzer, Frieden 2000, München 1982, 111 ff).

◆ *Zum Vergleich:* Josef Reding, Schonzeit für Pappkameraden, GzN 248–252.
◆ *Bibelstellen:* Matth. 5,3 und 9,43–48.

# GLAUBEN

*Gott ist, woran einer sein Herz hängt*
*M. Luther*

Glaube heißt nicht, bestimmte Glaubensgrundsätze (Dogmen) oder historische Ereignisse für wahr halten. Glaubensgrundsätze tragen geschichtlichen, soziologischen und psychologischen Firnis (59, 67). Gott wird sich kaum daran halten wollen (60).

Das will nicht heißen, daß Definitionen und Lehrsätze nicht einen nützlichen Dienst leisten könnten (61). Sie können Fähr- oder Lotsendienste leisten zum Glauben hin, sie sind aber nicht der Glaube selbst.

Wenn es nur darum ginge, bestimmte Sätze und Fakten für wahr zu halten (Jungfrauengeburt, Historizität der Evangelien usw.), so wäre der Glaube eine Leistung des Menschen, die das Heil garantiert, wenn sie vollbracht wird (62, 69). Der Mensch wird als Subjekt des Glaubens zu einseitig hervorgehoben.

Solcher Glaube würde auch von Autoritäten abhängig, er würde ein »außengeleiteter« Glaube.

Jesu Kampf gegen die Pharisäer galt nicht zuletzt diesem Mißverständnis des Glaubens. Jesus zeigte, daß Glaube nicht eine von andern Lebensbereichen getrennte Leistung ist, sondern eine ganze Lebenshaltung (63, 64).

Wie wichtig der Glaubende auch ist, so wenig darf das Geglaubte aus dem Blickfeld geraten. Für den Gläubigen geht sogar das Geglaubte, für uns Christen der christliche Gott, dem Glauben voraus: Gott ist für den Glaubenden die fraglose Voraussetzung des Glaubens, der jeder zustimmen müßte, der mit den Augen des Glaubenden sieht (63, 65).

Spricht man vom Glauben, kann man darum den Glaubenden und das Geglaubte nicht voneinander trennen. Glaube ist nur als Relation erfaßbar (65).

Darum ist er eine lebensumfassende Kraft, die alles in einem andern Licht erscheinen läßt (63, 68). So hat Glaube natürlich auch Auswirkungen auf das Tun des Gläubigen (66).

*M. L.*

# 59

Augusto Monterroso,
Wie das Pferd sich Gott vorstellt

◆ *Themen:* Glaube, Gottesbild

*Anmerkungen und Anregungen*

Warum widerspricht die Vorstellung eines Gottes in Pferdegestalt für ein Pferd dem guten Geschmack, warum der elementarsten Logik?
Würde diese Sicht nicht der biblischen Aussage: »Und Gott schuf den Menschen nach seinem Bilde«, wenn auch in umgekehrter Blickrichtung entsprechen?
Welche Gottesvorstellung auf menschlicher Ebene entspricht derjenigen vom Reiter? Denkt Monterroso an einen despotischen Gott, der den Menschen am kurzen Zügel hält?

◆ *Bibelstellen:* 1. Mose 1,26 ff.

# 60

H. L. Gee, Lob Gottes

◆ *Themen:* Glaube, Religion, Kirche, Dogmatik, Pharisäer

*Anmerkungen und Anregungen*

Diese Geschichte entlastet mich. Immer wieder geschieht es, daß ich mich in Glaubensfragen durch Meditation und durch gedankliche Arbeit von traditionellen Vorstellungen und Lehrmeinungen entferne. Das erzeugt manchmal ein schlechtes Gefühl: Denke ich nicht mehr so wie man denken sollte als Christ? Glaube ich nicht mehr so wie man sollte?
Die Geschichte sagt mir, daß ich mindestens so fest zu meinen Gedanken und Gefühlen stehen darf, wie ich die Tradition ernst nehme. Im Grunde weiß ich das zwar, aber die Macht der Tradition ist stark, der Druck einer autoritären Lehre groß.
Die Geschichte stärkt mein Wissen.

Diese Geschichte freut mich. Gott selbst schlägt den Hütern der Religion ein Schnippchen. Es freut mich ungemein, daß Gott unendlich weit über den Schriftgelehrten und ihren Lehren steht.

◆ *Zum Vergleich:* Gerd Heinz-Mohr, Urteil im Gewitter, GzN 107–109.

◆ *Bibelstellen:* Matth. 23,1 ff; Mark. 2,23 ff; 3,1–6; 12,41–44; Luk. 18,9–14.

# 61

Gautama Buddha, Das Floß

◆ *Themen:* Glaube, Religion, Leiden

*Anmerkungen und Anregungen*

Jede Lehre, vor allem wenn sie mit solcher Überzeugungskraft auftritt wie bei Buddha, hat die Tendenz, daß sie verabsolutiert wird. Die Lehre wird zur Heiligen Schrift, die schließlich an die Stelle des zu Verehrenden oder zu Glaubenden tritt.
Der Glaube an die Sätze der Heiligen Schrift ist dann wichtiger als der Glaube an Jesus Christus.
Diese Tendenz, die Buddha in seiner Lehre liegen spürt, wehrt er mit dem Gleichnis ab: Die Lehre ist relativ wichtig; wie ein Floß nicht zum Festhalten gemacht ist, so auch die Lehre. Sie ist ein Mittel zum Zweck, ein Werkzeug.
Ein Werkzeug zum Entrinnen, sagt Buddha. Wir fragen: Entrinnen woraus? Die Antwort müßte heißen: Aus der Lebensgier, die Leiden schafft und einen der Welt verhaftet leben läßt.
Hier trennen sich die buddhistischen und christlichen Wege. Geht es bei Buddha um das Entrinnen aus dem Leiden, so will Jesus das Leiden integrieren.

◆ *Bibelstellen:* Matth. 5,17–20; 15,1–9; Luk. 11,37 ff.

# 62

## Nachfolge

◆ *Themen:* Glaube, Nachfolge, Christus, Selbstmord

*Anmerkungen und Anregungen*

Nachfolge Jesu kann ganz verschieden verstanden und praktiziert werden. Beispiele aus der Geschichte, aus der Gegenwart und hoffentlich auch aus unserem Erlebnisbereich gibt es genügend.
Nachfolge als tätige Nächstenliebe finden wir z. B. bei Mutter Teresa. Andere praktizieren Nachfolge durch Bußübungen und geistliche Betrachtungen.
Bei aller Verschiedenheit zielt Nachfolge Jesu Christi auf wahres Leben ab und nicht auf Tod. »Dann sprach Jesus zu seinen Jüngern: Wenn jemand mit mir gehen will, verleugne er sich selbst und nehme sein Kreuz auf sich und folge mir nach. Denn wer sein Leben retten will, der wird es verlieren; wer aber sein Leben verliert um meinetwillen, der wird es finden« (Matth. 16,24 f).
Die Nachfolge der zwei Amerikanerinnen müßte also an der Frage gemessen werden: Führt es hin zu wahrem Leben oder hin zum Tod?

◆ *Bibelstellen:* Matth. 4,1 f; 10,17 ff.

# 63

## Antony Flew, Der unsichtbare Gärtner

◆ *Themen:* Glaube, Religion, Gott, Wahrnehmung

*Anmerkungen und Anregungen*

Der Skeptiker fragt nach Beweisen für den Gott des Gläubigen.
Der Gläubige läßt sich auf diese Art des Fragens ein und – zieht den Kürzeren. Schritt um Schritt wurden auch in der abendländischen Geistesgeschichte die Gottesbeweise als Illusionen entlarvt.

Als einziges Kriterium bleibt der Glaube. Dies kann nur für den distanzierten Betrachter eine psychologistische Reduktion sein, niemals aber für den Gläubigen selbst, dessen Lebensgefühl und -haltung ganz von seinem Glauben geprägt sein wird.

◆ *Zum Vergleich:* Nikos Kazantzakis, Die Blinden, GzN 102; Dino Buzzati, Die Herausforderung des Zauberkünstlers, GzW 117–120.
◆ *Bibelstellen:* Mark. 11,23; 1. Kor. 13,9 ff.

## 64

H. L. Gee, Wenn ein Affe prahlt

◆ *Themen:* Glaube, Gott, Natur, Abhängigkeit

*Anmerkungen und Anregungen*

Die Gefahr solcher Fabeln besteht darin, daß ich sie immer wieder auf andere Menschen beziehe. Schnell kommen mir Menschen oder ganze Menschengruppen in den Sinn, die mit der Figur des Affen blendend entblößt werden können: die hybriden Wissenschaftler; die Biologen, die in der Retorte Leben erzeugen wollen; die Atomkraftbauer mit ihrer Reklame »Strom ist Leben« (in der Schweiz); die allgewaltigen Diktatoren.
Eine solche Anwendung der Fabel ist aber kontraproduktiv, wenn nicht die eigene Infragestellung vorausgeht.
Wo habe ich meine Allmachtsgefühle? Wo lebe ich vielleicht mehr als ich lehre, daß ich mein Leben, meine Umwelt, meine Lebensgrundlagen selber geschaffen habe?
Ist nicht die Ausbeutung und hemmungslose Zerstörung unserer Natur ein Ergebnis der Haltung, die in unseren Lebensgrundlagen nicht ein Geschenk sieht, sondern Materie in der Hand des Menschen, die er selber wieder erneuern kann? Bin ich selber nicht auch diesem Lebensstil verhaftet?

◆ *Zum Vergleich:* Rede des Häuptlings Seattle von 1855, in: Wie der Hauch eines Büffels im Winter, Hamburg 1981[3].
◆ *Bibelstellen:* 1. Mose 3; 11; Joh. 1,1–5.

# 65

Bertolt Brecht, Die Frage, ob es einen Gott gibt

◆ *Themen:* Glaube, Gott, Ideologie

*Anmerkungen und Anregungen*

Bert Brecht, ein erklärter Atheist, scheint plötzlich ein Argument für Gott gefunden zu haben. Bei genauerem Hinsehen wird uns aber schnell klar, daß Gott hier »bloß« eine psychologische Größe ist, verwandt mit der Auffassung von Karl Marx, Religion sei Opium für das Volk. Karl Marx sagt das nicht nur mit einem negativen Ton. Er versteht das Bedürfnis des (elenden) Menschen nach Religion, wenn er sagt: »Das religiöse Elend ist in einem der Ausdruck des wirklichen Elends und in einem die Protestation gegen das wirkliche Elend. Die Religion ist der Seufzer der bedrängten Kreatur, das Gemüt einer herzlosen Welt, wie sie der Geist geistloser Zustände ist. Sie ist das Opium des Volkes« (Kritik der Hegelschen Rechtsphilosophie, Einleitung, 1844).
Brechts Verhalten würde sich wahrscheinlich je nach Antwort auf diese Frage nicht ändern. Dann muß aber weiter gefragt werden, was bei ihm an die Stelle von Gott treten würde, d. h. welche Kraft bei ihm Veränderungen bewirkt, welche Kraft seine Grundhaltung im Leben und damit seine Entscheidungen leitet.
In der heutigen pluralistischen Gesellschaft scheint es mir um der Verständigung willen enorm wichtig zu sein, die alltäglichen Verhaltensweisen der Menschen zu hinterfragen und den dahinter liegenden Lebensgrundlagen nachzuspüren.

◆ *Bibelstellen:* Luk. 6,43 ff; Joh. 15,2.

# 66

Salcia Landmann, Beim Wunderrabbi

◆ *Themen:* Glaube, Werkgerechtigkeit, Diakonie, Nächstenliebe

*Anmerkungen und Anregungen*

Eine wunderschöne Geschichte voller Zurückhaltung und Geheimnisse. Über die gute Tat spricht man nicht. Das Publikum erfährt auch am Schluß nichts über die Himmelfahrt des Rabbi.
Eine gute Tat ist so zerbrechlich wie der Glaube an eine Himmelfahrt. Sie bleibt nur ganz, wenn sie im Stillen geschieht. Die gute Tat hat es in sich, daß sie korrumpiert wird, indem sie zur Propaganda mißbraucht wird. Es ist die völlige Entheiligung des Dienstes am Nächsten, wenn der Politiker zu Werbezwecken beim Besuch im Altersheim fotografiert wird.
Mich berührt an dieser Geschichte, wie der spottende Mitnaged still wird vor der Heiligkeit und dem Geheimnis des tätigen Einsatzes seines Gegners.
Beispiele von tätigen Christen: Mutter Teresa, Reinhold Schneider, Pater Kolbe, Geschwister Scholl.

◆ *Bibelstellen:* Matth. 6,1 ff.

## 67

Wolfdietrich Schnurre, Wenn du artig bist

◆ *Themen:* Glaube, Erziehung, Gott

*Anmerkungen und Anregungen*

Wo gibt es das Verhältnis zwischen Menschen, das ganz auf verrechenbaren Leistungen und Gegenleistungen beruht? In der Übertreibung scheint es uns im Bereich der Erziehung unmöglich zu sein. In Tat und Wahrheit provozieren Erzieher sehr oft selber diese Haltung, indem sie Bedingungen aufstellen: »*Wenn* du artig bist . . .«
Übertragen wir ein solches Verhalten auf die Beziehung Mensch – Gott, so wird uns sofort dessen Unmöglichkeit einsichtig.
Und doch: Rechnen wir nicht offen oder insgeheim immer wieder mit dem Gott, der uns nach unserem »Artig-Sein« vergilt (Werkgerechtigkeit, Gelübde)? Inwiefern könnte da

der Glaube an einen vergebenden, bedingungslos liebenden Gott Modell sein für eine Erziehung, die nicht auf Bedingungen und Drohungen aufbaut?

◆ *Zum Vergleich:* Barbara Imgrund, Beppo und sein Luftballon, GzN 102–104.
◆ *Bibelstellen:* Matth. 5,45; 7,7 f; Luk. 18,9–14.

## 68

Martin Buber, Am Teich

◆ *Themen:* Glaube, Schöpfung, Gott

*Anmerkungen und Anregungen*

Diese Geschichte erinnert an Franz von Assisi, der nach der Legende mit den Tieren sprechen konnte. Das ist eine Tradition, die in der christlichen Kirche bis heute keine Breitenwirkung hatte.
Für den Fortbestand unserer Welt wäre es aber wichtig, daß wir das Lied der Schöpfung wieder besser lernen würden. Es muß ja nicht das Lied der Frösche sein. Ich frage mich, zu wessen Lied ich am besten Zugang habe.

◆ *Bibelstellen:* Ps. 104.

## 69

Manfred Delling, Zachäus als Beispiel

◆ *Themen:* Glaube, Bibel

*Anmerkungen und Anregungen*

Eine Bekehrung zum christlichen Glauben hat Konsequenzen (vgl. den Text Nr. 65 in diesem Kapitel), aber nicht bei jedem Menschen die gleichen.
Welche Normen, Verhaltensweisen, Verbote und Gebote leite ich aus meinem (christlichen) Glauben ab? Warum habe ich gegebenenfalls Luk. 19,8 bisher überhaupt nicht

beachtet? Ziehe ich daraus andere Konsequenzen? Wovon hängt die Auswahl meiner Lieblingsstellen in der Bibel ab?

◆ *Zum Vergleich:* Werner Simpfendörfer, Haarschneiden in der Kirche, GzN 199.
◆ *Bibelstellen:* Luk. 19,1–10.

# Zweiter Teil
# AUF DEM WEG ZUM ANDERN

# VERSTEHEN

*Man sieht nur mit dem Herzen gut. Das Wesentliche ist für die Augen unsichtbar*
*A. de Saint-Exupéry*

Verständnis zwischen Menschen ist nicht die Regel, sondern die Ausnahme, solange die Beteiligten in der eigenen Situation gefangengehalten werden und deshalb nicht fähig sind, ehrlich, engagiert, echt und redlich miteinander zu reden (70), oder die Auseinandersetzung doppelbödig, versetzt mit versteckten Angriffen erfolgt (71). Das Nichtverstehen des anderen beruht oft gleichzeitig auf einer massiven Unkenntnis seiner Umwelt und Geschichte (72), es kommt besonders häufig zum Vorschein, wenn normative Erwartungen der Gesellschaft nicht erfüllt werden (73).
Es gibt indessen auch keine Verständigung zwischen zwei Menschen, ohne daß jeder die Erwartungen des anderen ernstnimmt. Die Forderung nach bedingungsloser Erfüllung bestimmter Handlungsnormen erstickt jedoch das Ich, macht echte Kommunikation unmöglich (74). Ebenfalls im Keim erstickt wird zwischenmenschliches Verstehen, sobald irrtümliche Vermutungen und Vorurteile das Bild des Partners verzerren (75). Gelingt es jedoch, dieses zu entzerren und in einem positiven Licht erscheinen zu lassen, ergeben sich erste oder neue Möglichkeiten des Verständnisses (76). Eine für alle Seiten befriedigende Kommunikation kann nur dann entstehen, wenn jeder, der daran teilnimmt, Einsicht besitzt in die eigenen und fremden Voraussetzungen, wenn er solidarisch denkt, rational handelt und auf die Ausübung offener oder verdeckter Macht verzichtet (77).

*R. P.*

## 70

Kahlil Gibran, Die andere Sprache

◆ *Themen:* Verstehen, Sprache, Empathie, Kommunikation

*Anmerkungen und Anregungen*

Keine Person der Geschichte versteht die Sprache des Kindes, weil jede von ihnen Probleme mit der eigenen Situation hat:

- Die Amme antwortet, wie man es von einer guten Kinderbetreuerin erwartet: ihr Prestige steht auf dem Spiel.
- Die Mutter fragt eher beiläufig und floskelhaft nach ihrem Kind, so als ob sie ganz andere Interessen hätte.
- Der Priester spricht künstlich und in Formeln: er scheint es der Rolle, die er spielt, schuldig zu sein.
- Der Wahrsager sagt alles andere als die Wahrheit, offenbar aus Angst, sein Image könnte leiden.

Das Kind hätte die Sprache jener anderen Welt wohl nicht verlernt, wäre die Sprache der Amme ehrlich, die Sprache der Mutter engagiert, die Sprache des Priesters echt und die Sprache des Wahrsagers redlich gewesen. Mit diesen Voraussetzungen fehlte auch die Fähigkeit zur Empathie, d. h. sich verstehend in die Lage des anderen zu versetzen, und damit die Basis erfolgreicher Kommunikation.

Lebensgeschichtliche Reflexion:
In welcher Situation fühlte ich mich als Kind von Erwachsenen so unverstanden, daß ich heute noch daran denke? Unter welchen Voraussetzungen wäre ein Verstehen möglich gewesen?

◆ *Zum Vergleich:* Als Kontrastgeschichte eignet sich hervorragend die groteske Schilderung eines Eltern-Kind-Verhältnisses: Franz Hohler, Bedingungen für die Nahrungsaufnahme, GzW 202–205.

## 71

Kakuzo Okakura, Am Ufer

◆ *Themen:* Verstehen, Empathie, Streit

*Anmerkungen und Anregungen*

Die Unterhaltung ist doppelbödig. Inhaltlich geht es um Fische (Inhaltsebene). Gleichzeitig machen beide aber auch

Aussagen über sich selbst und ihr Verhältnis zueinander (Beziehungsebene).
Nach der einleitenden Bemerkung Soshis hätte der Freund auch folgendermaßen fortfahren können, ohne daß sich der Sinn seiner Worte wesentlich verändert hätte: »Du bist unlogisch und redest unwissenschaftlich daher; ich hingegen verfüge über das bessere Wissen und den klareren Verstand.« Und Soshi hierauf: »Das lasse ich nicht auf mir sitzen, du arroganter Mensch. Du hast mich völlig falsch verstanden. Was du weißt, weiß ich schon lange. In Wirklichkeit bist du der Unlogische. Wenn du deine Voraussetzungen ernst nehmen würdest, würdest du überhaupt keine Aussage machen!«
Ganz anders wäre der Wortwechsel verlaufen, wenn der Freund versucht hätte, auf Soshi einzugehen und rückgefragt hätte: »Wie meinst du das?« Dann hätte er wohl erfahren, daß Soshi keine naturwissenschaftliche Aussage machen, sondern eine Empfindung wiedergeben wollte. Er hätte verstanden, daß wir häufig unsere Gefühle auf die Außenwelt projizieren ...

Lebensgeschichtliche Reflexion:
Ich erinnere mich an das letzte unbefriedigende Gespräch, das ich geführt habe. Warum lief es schief? Was hätte ich dazu tun können, um dem Gespräch eine positive Wende zu geben?
Weiterführende Literatur zum Thema Kommunikation: P. Watzlawick u. a., Menschliche Kommunikation, Bern/Stuttgart/Wien 1969.

◆ *Zum Vergleich:* Eine sehr eindrückliche Geschichte über verfehlte Kommunikation: Günter Spang, Seine große Chance, GzW 85–88.

## 72

### Martin Buber, Der Taube

◆ *Themen:* Verstehen, Kultur, soziale Umwelt

*Anmerkungen und Anregungen*

Wann immer jemand behauptet, er habe für andere Menschen und ihr Tun kein Organ, ist zu vermuten: er weiß zu wenig über sie. Der Taube hält Tanzende für verrückt, weil er noch nicht mit Leuten, die tanzen, gelebt hat, weil ihm noch niemand übersetzt hat, was Tanzen bedeutet. Ohne die Kenntnis des Lebenszusammenhanges eines Menschen, seines sozialen und kulturellen Hintergrundes, gibt es nicht Verständnis, meist jedoch Gelächter für seinen Geschmack oder Spott für die Sinnlosigkeit seines Tuns.

Imaginationsübung:
Ich stelle mir vor, ich landete als kleines grünes Männchen direkt von einem anderen Stern und ohne jede Vorinformation

- am Rand eines Fußballfeldes, auf dem gerade ein Länderspiel ausgetragen wird;
- in einem Opernhaus während der Vorstellung einer Mozart-Oper;
- in der Klasse einer Grundschule, in der gerade Rechtschreibung geübt wird;
- in meiner eigenen Wohnung am Abend eines Werktages.

Was sind in diesen Situationen jeweils meine Empfindungen?

◆ *Zum Vergleich:* Eine Geschichte, die vom kulturell bedingten, fremdartigen Handeln eines Zigeunerjungen handelt: Wolfdietrich Schnurre, Jenö war mein Freund, GzN 157–160.

## 73

Reinhard Pertsch, Vertrauliche Mitteilung

◆ *Themen:* Verständnis, Alter, Jugend, Sexualität

*Anmerkungen und Anregungen*

Zwischen Großeltern und Enkelkindern herrscht nicht selten mehr Verständnis als zwischen Eltern und Kindern. Gründe dafür gibt es viele. Sie hängen mit der Stellung im Arbeitsprozeß, der Position innerhalb der Leistungsgesellschaft, den materiellen Möglichkeiten, dem Erfahrungshintergrund, der verfügbaren Zeit und nicht zuletzt auch den

Erwartungen zusammen, die man beiden gemeinsam entgegenbringt. Wer sich ähnlichen Erwartungen ausgesetzt sieht, versteht den Schicksalsgefährten besser.
Ein Beispiel für ähnliche gesellschaftliche Erwartungen an zwei verschiedene soziale Gruppen erzählt die Geschichte »Vertrauliche Mitteilung«. Von beiden, alten wie jungen Menschen, erwarten weite Teile der Gesellschaft Enthaltsamkeit auf sexuellem Gebiet. Es gibt in der Regel wenig Verständnis für Menschen dieser beiden Altersstufen, die sich nicht nach dieser Norm richten.

Überdenken bzw. diskutieren Sie in einer kleinen Gruppe die folgenden Fragen:
- Welche Gründe stecken hinter der Forderung nach sexueller Enthaltsamkeit alter und junger Menschen?
- Gibt es Übereinstimmungen in den jeweiligen Begründungen?
- Aus welchen Grundnormen und Werthaltungen sind die Erwartungen abgeleitet, die wir gegenüber der Jugend und dem Alter hegen?

## 74

### Reinhard Lettau, Der Herr

◆ *Themen:* Verstehen, Verständigung, Erwartungen, Zuwendung

*Anmerkungen und Anregungen*

Der Herr geht bis an die Grenzen seiner Möglichkeiten auf die im Zimmer Versammelten ein. Erwartet wird von ihm jedoch die vollkommene Unterwerfung unter das Diktat fremder Verhaltenserwartungen. Dem entzieht er sich. Der Dressurakt mißlingt.
Verständigung unter Menschen gibt es nicht ohne die Bereitschaft, die Erwartungen anderer ernstzunehmen. Es ist sogar sinnvoll, mit jemandem zwei Meilen zu gehen, der nur weit weniger Zuwendung erwartet. Das Verlangen allerdings nach bedingungsloser Unterordnung unter Verhaltensnormen, Gehorsamsforderungen, Erziehungsmaßnah-

men und Befehlsstrukturen macht krank, erstickt das Ich. Auf diese Weise wird man des anderen entweder gar nicht, oder nur tot habhaft. Der Herr der Geschichte entzog sich solchem Zugriff, der der Bibel auch, mit allen Konsequenzen.

◆ *Zum Vergleich:* Weitere Texte, die den Themenkreis Zuwendung, Zugriff und Sich-Entziehen artikulieren: Heinrich Böll, An der Brücke, GzW 219–221; Ray Bradbury, Der Mann, GzW 319–331; F. M. Dostojewski, Der Großinquisitor, in: Die Brüder Karamasow.
◆ *Bibelstellen:* Mark. 8,11–13; Luk. 6,27–30.

## 75

Liä Dse, Der Axtdieb

◆ *Themen:* Verstehen, Vorurteil, Täuschung

*Anmerkungen und Anregungen*

Eine einzige Vermutung, ob richtig oder falsch, genügt oft, daß wir uns im Besitz des Schlüssels zum Verhalten und zum Charakter eines Mitmenschen wähnen. Wir schließen von einer beobachteten oder angenommenen Handlung auf die Absicht und die innere Natur des Täters. Selbst wenn sich unsere Annahmen als irrig erweisen, bleibt – anders als in der Geschichte – etwas hängen.
Die Vermutung des Mannes, der seine Axt verloren hatte, stützt sich auf eine angebliche Tat. Ähnlich schnelle Globalurteile fällen wir, ähnlich umfassende Informationen glauben wir über jemanden zu haben, wenn wir
– eine uns wichtig erscheinende Vorinformation erhalten haben (z. B. jemand sei schüchtern),
– einen ersten Eindruck gewonnen haben,
– die Berufsrolle kennen,
– über eine bestimmte Neigung oder Eigenschaft Bescheid wissen (z. B. jemand sei musikalisch),
– das Gesicht eines fremden Menschen sehen.
In allen diesen Fällen kommen wir zu schnellen, weitreichenden Schlüssen, die nicht nur ein tieferes Verstehen des

Mitmenschen nachhaltig blockieren. Sie können sogar in sehr schädlicher Weise wirksam werden, da sie, vom Nächsten wahrgenommen, dessen Verhalten direkt beeinflussen. Man wird immer ein wenig so, wie die anderen einen sehen, oder mit den Worten A. Schopenhauers: es ist schwer, nicht das zu werden, was man in den Köpfen anderer Leute ist.

Erfinden Sie in Gruppen zum Thema »Vorurteil« Parallelgeschichten zum »Axtdieb«, in denen die Wirkung von Vorinformationen, des ersten Eindrucks, der Berufsrolle, von Eigenschaften und des Gesichts eines Menschen thematisiert wird.
Führen Sie das von M. Lienhard im Lehrerhandbuch zu den GzN dargestellte »Kindsmörderinnen-Experiment« durch. Achten Sie dabei darauf, welche Informationen zu weitreichenden Schlußfolgerungen verleiten (Handbuch GzN, 117 f).

◆ *Zum Vergleich:* Hans Schumacher, Es lag auf der Hand, GzN 104–106; Walter Jens, Bericht über Hattington, GzN 241–243; Franz Fühmann, Das Judenauto, GzW 271–277.

## 76

H. L. Gee, Das Modell

◆ *Themen:* Verstehen, Beurteilung

*Anmerkungen und Anregungen*

Diese Geschichte ergänzt sehr gut die vorangegangene. Der Zeichenprofessor weiß, wie schnell die Individualität und Einzigartigkeit seiner Modelle in ein schiefes Licht gerät. Falsche Beleuchtung hebt falsche Aspekte, Einzelheiten, Zufälligkeiten, Äußerlichkeiten hervor, verdeckt das Wesentliche und verhindert das Verständnis dessen, was hinter der Maske (lat.: persona) liegt.

Imaginationsübung:
Stellen Sie sich einen Menschen vor, mit dem Sie Schwierigkeiten haben. Versuchen Sie ihn langsam ins rechte Licht zu rücken, indem Sie zuerst das aufzählen, was Ihnen an ihm

nicht gefällt und anschließend das, was Sie positiv interpretieren könnten.

◆ *Zum Vergleich:* Peter Kilian, Wer wirft den ersten Stein?, GzN 142–146; Marie Luise Kaschnitz, Wer kennt seinen Vater, GzW 194–200.
◆ *Bibelstellen:* 1. Sam. 16; Luk. 5,27–32.

## Himmel und Hölle

◆ *Themen:* Verstehen, Kommunikation, Solidarität

*Anmerkungen und Anregungen*

An dieser chinesischen Parabel lassen sich sehr anschaulich die Bedingungen und Merkmale geglückter (bzw. mißlungener) Kommunikation aufzeigen. Kommunikation kann dann gelingen, wenn diejenigen, die an ihr teilnehmen
- über Einsicht in ihre eigene Situation verfügen;
- Verständnis für die Lage der anderen aufbringen;
- Interesse an einer für alle befriedigenden Lösung haben;
- einen rationellen Gebrauch der verfügbaren Mittel bewerkstelligen können;
- eine symmetrische Kommunikationsstruktur, d. h. ein durch Machtausübung nicht gestörtes Gleichgewicht des Gebens und des Nehmens entwickeln.

Die Hölle bedeutet Blindheit sich selbst und anderen gegenüber, ausschließliches Eigeninteresse, irrationaler Mitteleinsatz, Kampf um Machtpositionen.

Eigene Erfahrungen mit den Bedingungen geglückter oder mißlungener Kommunikation in Gruppen vermitteln Spiele wie das »Quadratlegespiel« (s. K. Antons, Praxis der Gruppendynamik, Göttingen/Toronto/Zürich 1976, 4. Aufl., 117 ff).

◆ *Zum Vergleich:* Franz Hohler, Bedingungen für die Nahrungsaufnahme, GzW 202–205; Ursula Wölfel, Drei Straßen weiter, GzN 140–142.
◆ *Bibelstellen:* Röm. 12.

# BEISTEHEN

*Fünf Minuten Hilfe ist besser als zehn Tage Mitleid*
*Rumänisches Sprichwort*

Wir Menschen brauchen einander, keiner kann auf die Dauer ohne die andern leben. Manchmal vergessen wir das (78). Doch wirkliches Glück erfahren wir nur im »Wir«. So ist es folgerichtig, wenn wir einander beistehen, füreinander da sind. Soll eine Gemeinschaft gelingen, so muß jeder nach seinen Möglichkeiten und seinen Gaben dazu beitragen.

Die Erfahrung jedoch zeigt, daß wir immer wieder von andern mehr erwarten, als wir selbst zu geben bereit sind (79). Die Fähigkeit, sich dem andern helfend zuzuwenden, muß gelernt, sollte von Kindheit an eingeübt werden (80). Dabei kann es nicht darum gehen, sich ausnützen oder »übers Ohr hauen« zu lassen; denn eine moralisch geforderte Opferhaltung steht der Sensibilisierung für soziales Verhalten, für Nächstenliebe entgegen (81).

Diese Einübung gilt auch für den Umgang zwischen den (sogenannten) Gesunden und den Behinderten. Verbal hat der einzelne selten mehr Vorbehalte oder Vorurteile gegenüber Behinderten (oder anderen Minderheiten). In der Praxis will er aber von einschlägigen Problemen möglichst nicht behelligt werden. Er delegiert seine Verantwortlichkeit an Institutionen (82). So unterscheidet sich unser konkretes Handeln recht häufig von unseren verkündeten Überzeugungen, und meist merken wir das nicht einmal (83).

Beistand kann je nach Situation Spontaneität ohne »wenn und aber« verlangen (84) oder aber die gründliche Überlegung, wie die Hilfe am effektivsten ist und nicht nur dem Gewissen als Alibi dient (85).

Beistehen heißt bei dem andern sein. Das kann vielleicht sogar bedeuten, seinen Leidensweg bis zum Ende mitzugehen (86).

*L. G.*

# 78

Martin Buber, Der Wächter

◆ *Themen:* Beistehen, Sinn

*Anmerkungen und Anregungen*

Diese Geschichte eignet sich gut zum Meditieren. Der Rabbi ist sicher schon lange in seinem Amt, und doch erschrickt er über die Frage des andern. Er weiß die Antwort nicht.
Wissen wir, »für wen wir gehen«?
Haben wir einen, der uns danach fragt, der uns erinnert?

◆ *Zum Vergleich:* Victor Auburtin, Der allzeit tätige Mann, in diesem Band Nr. 26.
◆ *Bibelstellen:* Jes. 43,11; Röm. 14,8; 1. Kor. 8,6; 12,5; 2. Kor. 6,4.

# 79

H. L. Gee, Ein Topf voll Wasser

◆ *Themen:* Beistehen, Gemeinschaft, Solidarität, Selbstsucht

*Anmerkungen und Anregungen*

Wieso rechnet eigentlich jeder der Bettler damit, daß der andere weniger eigennützig ist als er selber?
Wir kennen die »Ohne-mich«-Haltung, das »Auf mich kommt's nicht an« oder »Es merkt keiner, wenn ich mich da raushalte« usw.
1. Beispiel: Aussteigen aus der Gesellschaft, aber doch die Vorteile wahrnehmen, die durch die andern gewährleistet werden.
2. Beispiel: Aus der Kirche austreten, aber ihre sozialen Dienste und Hilfen in Anspruch nehmen.
3. Beispiel: Ein Gespräch, eine Veranstaltung o. ä. miesmachen, wenn man zum Gelingen nicht selbst beigetragen hat.

◆ *Zum Vergleich:* Ergänzender Text zu H. L. Gee, Das Reis-

korn, in diesem Band Nr. 29; Zwei Menschen wollten Hochzeit halten, GzW 159.
◆ *Bibelstellen:* Apg. 2,42; Gal. 5,13; 1. Petr. 4,10.

## 80

Leo N. Tolstoi, Die drei Söhne

◆ *Themen:* Beistehen, Erziehung, Leistung, Hilfsbereitschaft

*Anmerkungen und Anregungen*

Hier stellt sich die Frage nach dem Stellenwert von Leistung (als Selbstzweck) und sozialem Verhalten in der Erziehung und nach dem Sinn von Elternstolz. Der Alte sieht nur »einen« Sohn. Wieviele »Mütter« sieht er?

◆ *Zum Vergleich:* Lore Graf, Er zeigte keine Reue, GzN 68 f; Ernst Eggimann, Der Lehrer teilt die Probenhefte aus, GzN 86 f; Heike Doutiné, Die Niete, GzN 87–92.

## 81

Bertolt Brecht, Der hilflose Knabe

◆ *Themen:* Beistehen, Gerechtigkeit

*Anmerkungen und Anregungen*

Der Autor erklärt zu Anfang selbst die Absicht dieser Gleichnisgeschichte. Vordergründig scheint sie der Forderung Jesu aus der Bergpredigt zu widersprechen. Doch es geht hier nicht um Gewalt und Gegengewalt bzw. Rache, sondern um das »Herausschreien« des Unrechts im Gegensatz zum »Hinunterschlucken«. Hinunterschlucken und bewußtes Hinnehmen sind nicht dasselbe. Beide Verhaltensweisen haben verschiedene Hintergründe und verschiedene Folgen (»kindliche« und »erwachsene« Reaktion).
Wie sollte sich der Junge in Zukunft verhalten?
Wie gehe ich mit Unrecht um, das mir angetan wird? Wer steht mir gegebenenfalls bei?

◆ *Zum Vergleich:* Ergänzender Text zu Dino Buzzati, Der Streik des Teufels, GzW 260–263.
◆ *Bibelstellen:* Jes. 5,7; Matth. 5,38 ff.

## 82

Ein Herz für Behinderte

◆ *Themen:* Beistehen, Behinderte, Minderheiten, Vorurteile

*Anmerkungen und Anregungen*

Was fürchtet die Vermieterin? Der Leserbriefschreiber? Welche unbewußten Ängste spielen mit?
In welchen anderen Bereichen zeigen sich ähnliche Verhaltensweisen?
Vor- und Nachteile von Heimen für Behinderte.
Vor- und Nachteile von Heilzentren.
»Lieber Gott, laß mich die Fernsten lieben, die Nächsten sind mir zu anstrengend« (Friedrich Nietzsche).

◆ *Zum Vergleich:* Haug von Kuenheim, Das Leben des Christoph B., GzN 122 f; Renate Sprung, Die gestohlene Chance, GzN 123–126; Christa Reinig, Skorpion, GzW 146; Josef Reding, Neben dem blauen Seepferdchen, GzW 151–156.
◆ *Bibelstellen:* Luk. 10,25 ff.

## 83

Kurt Tucholsky, Tierschutz

◆ *Themen:* Beistehen, Tradition, Engagement

*Anmerkungen und Anregungen*

Eine gute Idee wird ad absurdum geführt, wenn man zu ihrer Durchsetzung ähnliche Mittel benützt, die man zu bekämpfen vorgibt. Ein solches Verhalten hat verschiedene mögliche Gründe:
– Die Initiatoren haben ihre eigene Idee nicht richtig verstanden. Sie folgen vielleicht gerade einem Trend.

– Sie stehen auf dem Standpunkt, daß der Zweck die Mittel heiligt.
– Die Tradition, die Gewohnheit hat ihren selbstkritischen Blick verstellt. Sie können ihr eigenes Tun nicht objektiv einordnen.

Finden wir vergleichbare Verhaltensweisen auch bei uns? Im politischen und kirchlichen Handeln, im öffentlichen und privaten Bereich und ...?

◆ *Bibelstellen:* Matth. 9,16 f.

# 84

## Zurücklassen

◆ *Themen:* Beistehen, Freiheit, Gesetz, Nächstenliebe

*Anmerkungen und Anregungen*

Der erste Mönch handelt aus einer inneren Freiheit heraus, die den Menschen über das Gesetz stellt. Der zweite Mönch hat diese Freiheit nicht. Verdrängte, unverarbeitete Wünsche verursachen Ängste, von denen er sich durch buchstabengetreue Einhaltung des Gesetzes zu entlasten sucht. So vernachlässigt er das Gebot der Nächstenliebe.

Der erste Mönch verstößt scheinbar gegen die Ordensregel. In Wirklichkeit hält er sich an sie. Der andere scheint die Regel zu befolgen. In Gedanken aber bricht er sie.

Ergänzender Text: »Dieser Gesetzlichkeit hat sich Christus als Befreier entgegengestellt. Aber gleichzeitig leuchtet er unerbittlich in den geheimen Grund der menschlichen Seele hinein. Er weist darauf hin, daß die Schuld im Herzen des Menschen sitzt und nicht an seinem sichtbaren Verhalten zu erkennen ist« (Paul Tournier).

◆ *Zum Vergleich:* Elfriede Becker, Das Kind in der Krippe, GzN 109 f; Max von der Grün, Kinder sind immer Erben, GzN 146–149.

◆ *Bibelstellen:* Matth. 5,28; Mark. 3,1 ff; Joh. 8,32 und 36; Röm. 8,21; Tit. 1,15.

# 85

Flüchtlingshilfe

◆ *Themen:* Beistehen, Dritte Welt, Schenken, Enttäuschung

*Anmerkungen und Anregungen*

Zwei Arten von Enttäuschungen erleben Empfänger von Hilfe immer wieder:
1. Sie bekommen das, was für den Geber keinen Wert mehr hat.
2. Sie bekommen das, was der Geber von seiner Sicht her für angebracht hält.
Das heißt, der Geber versäumt, vom Empfänger her zu denken.
Beispiele:
- Spenden für Bedürftige.
- Entwicklungshilfe.
- Gegenseitiges Beschenken im zwischenmenschlichen Bereich.
- Das beratende bzw. helfende Gespräch. (Der »spiegelnde« Berater übersieht oft das Recht und das Bedürfnis seines Gegenübers auf eine echte Antwort.)

Wann fühlte ich mich selbst als »Empfänger« enttäuscht? Wie habe ich reagiert?

◆ *Zum Vergleich:* Lore Graf, Nichts Besseres zu tun, GzN 129 f; Josef Reding, Dialog ohne Tannengrün, GzN 165–170; Udo Kelch, Unser Gast aus Kairo, GzN 170 f.
◆ *Bibelstellen:* Jes. 58,7; Matth. 7,9; 9,1 ff; 25,35 f.

# 86

Hans Jürgen Schultz, Was ist eine wahre Geschichte?

◆ *Themen:* Beistehen, Wahrheit, Opfer, Hoffnung

*Anmerkungen und Anregungen*

Die Biographie des jüdischen Arztes Janusz Korczak zeigt, daß sein ganzes Leben vom Einsatz für Schwache und Unterdrückte geprägt war. Schließlich ging er freiwillig mit den todgeweihten Kindern des von ihm geleiteten jüdischen Waisenhauses in die Gaskammern von Treblinka. Er konnte nichts gegen das entsetzliche Unrecht tun, aber er konnte den Kindern auf ihrem letzten Weg beistehen, indem er ihr Schicksal teilte und ihnen das Wissen darum ersparte. Er glaubte daran, daß das, was er ihnen an Hoffnung mitgab, sich – wenn auch auf andere Weise – erfüllen würde. Dem Bewacher konnte sich diese Wahrheit nicht erschließen.

Die hier geschilderte Situation kann man wohl als einen Ausnahmefall bezeichnen. Wo finden sich modifizierte Parallelen in unserem Leben?

Wann heißt beistehen »Mut zur Wahrheit«?

Wann heißt beistehen »Mut zur barmherzigen Lüge«?

Was ist hier überhaupt Wahrheit? Wann heißt beistehen Selbstaufgabe?

◆ *Zum Vergleich:* Ignazio Silone, Wir hatten gelogen, GzW 254 ff mit ergänzendem Text.

# HANDELN

*Es gibt nichts Gutes, außer man tut es*
*E. Kästner*

Das Evangelium ruft uns zur Aktivität auf: »Tut, was euch das Wort sagt und hört es nicht nur an!« (Jak. 1,22). Doch erbauliche Passivität ist angenehmer und weniger strapaziös als das geforderte Engagement (87). Wir reden und träumen gern – und manchmal auch mit schlechtem Gewissen – von einer heileren Welt; aber wenn wir es dann recht besehen, so fühlen wir uns überfordert oder nicht zuständig für entsprechende Initiativen. Da gibt es schließlich noch andere, die dazu verpflichtet wären (88). Und dann kann ja auch Gott selbst eingreifen (89, 90). Im übrigen erlebt man immer wieder, daß man bei noch so großem Einsatz doch keinen Dank erntet (91).
Wirksam handeln kann nur der, der die Sache, um die es geht, zu seiner eigenen macht (92). Initiative braucht Kompetenz, denn Unsicherheit und mangelnde Überlegung führen zu Rückschlägen; und Begeisterung allein reicht nicht aus, um ans Ziel zu kommen (93). Es ist gut, Verbündete zu haben, vor allem aber ist es gut, selbst denen zum Verbündeten zu werden, die keine Lobby haben, für die sich sonst niemand einsetzt, ja, die nach menschlichen Maßstäben dies gar nicht verdienen. Aber gerade dann kann der Einsatz lohnen, dann kann sich in der Tat eine ganze Menge im Sinn des Evangeliums ändern (94).

*L. G.*

## 87

Sören Kierkegaard, Die zahme Gans

◆ *Themen:* Handeln, Glaube, Egoismus, Christentum

*Anmerkungen und Anregungen*

Dem viel zitierten Ausspruch Nietzsches, daß die Christen erlöster aussehen müßten, wird hier widersprochen. Wer

sich wirklich auf Gott einläßt, wird sensibler für das Leid der Welt, er wird nicht ›drall‹ und ›fett‹ im Pfuhl des egozentrischen Seelenfriedens.
»Ohne Zweifel gab und gibt es unter uns eine egoistische Art der Frömmigkeit, die nur für das eigene Heil interessiert ist und in der der Mensch Christus zum Diener der eigenen Interessen macht, statt sich selbst zum Diener der Interessen Christi zu machen« (H. Gollwitzer, Die reichen Christen und der arme Lazarus, München 1969).
Ergänzender Text:
»Eine christliche Welt müßte eine Welt ohne Angst sein, und unsere Welt ist nicht christlich, solange die Angst nicht geringer wird, sondern wächst; nicht die Angst vor dem Tode, sondern die Angst vor dem Leben und den Menschen, vor den Mächten und Umständen, Angst vor dem Hunger und der Folter, Angst vor dem Krieg . . . Aber hin und wieder gibt es einen Christen, und wo er auftritt, gerät die Welt in Erstaunen. 800 Millionen Christen haben die Möglichkeit, die Welt in Erstaunen zu setzen« (Heinrich Böll).

◆ *Bibelstellen:* Matth. 7,16 ff; 25; Phil. 2,4 ff.

# 88

## Tabletten

◆ *Themen:* Handeln, Schuld, Verantwortung, Dritte Welt

*Anmerkungen und Anregungen*

Ergänzende Texte:
1. »Europa ist buchstäblich das Werk der Dritten Welt. Die Reichtümer, an denen es erstickt, sind den unterentwickelten Völkern gestohlen worden . . . Und wenn wir ein europäisches Staatsoberhaupt mit der Hand auf dem Herzen erklären hören, daß man den unglücklichen unterentwickelten Völkern zu Hilfe kommen müsse, so erzittern wir nicht vor Dankbarkeit. Ganz im Gegenteil, wir sagen uns, das ist eine gerechte Reparation, die man uns schuldig ist« (Frantz Fanon).
Schockieren uns diese Worte? Warum?

2. »Aber der biblische Bußruf geht oft nicht nur an einzelne, sondern an ganze Völker; er betrifft kollektive Schuld, in die der einzelne auch dann eingebunden ist, wenn er selbst nicht schuldhaft tätig geworden ist« (H. Gollwitzer, Die reichen Christen und der arme Lazarus, München 1969).

◆ *Bibelstellen:* Matth. 23,8; 25,40; Luk. 16,19–31.

## 89·90

Helder Camâra, Die beiden Lastkutscher
Leo N. Tolstoi, Der alte Fischer

◆ *Themen:* Handeln, Gebet, Entscheidung

*Anmerkungen und Anregungen*

Ergänzender Text:
»Zwischen wahrem Beten und Handeln besteht ein geheimer Wirkungszusammenhang. Konkretes Gebet schließt ein konkretes Handeln ein. Das Begehren des Herzens im Gebet kann unmittelbar in das ›Denken mit den Händen‹ übergehen, zum tätigen Handeln führen. Es kann aber auch zum Ausstrecken der geöffneten leeren Hand, ja auch zum ›Hände-in-den-Schoß-Legen‹ führen. Das Stillhalten des Beters kann eine sehr intensive Form des Handelns sein« (Evang. Erwachsenen-Katechismus, 1257).
»Herr, gib mir den Mut zu ändern, was zu ändern ist. Gib mir die Gelassenheit hinzunehmen, was nicht zu ändern ist. Und gib mir die Weisheit, das eine vom andern zu unterscheiden« (Oetinger).

◆ *Zum Vergleich:* Barbara Imgrund, Beppo und sein Luftballon, GzN Lehrerhandbuch 84.
◆ *Bibelstellen:* Mark. 14, 38.

## 91

Bertolt Brecht, Herr Puntila und sein Knecht

◆ *Themen:* Handeln, Versprechen, Einsatz, Abhängigkeit

*Anmerkungen und Anregungen*

Wann erging es mir schon ähnlich wie dem Herrn Puntila (z. B. ein Gelübde in großer Gefahr und Angst)?
Wann erging es mir ähnlich wie dem Knecht (Undank trotz großem Einsatz)?
Warum konnte Puntila verlangen, daß der Knecht sein Leben für ihn aufs Spiel setzte?

◆ *Bibelstellen:* Ps. 56,13; 116,14.

## 92

Martin Buber, Der Getreue

◆ *Themen:* Handeln, Vertrauen, Verantwortung, Stellvertretung, Nachfolge

*Anmerkungen und Anregungen*

Der Gehilfe muß es lernen, das Geschäft seines Herrn so zu führen, als wäre es sein eigenes. Das ist nicht nur eine Frage der Persönlichkeit des Gehilfen, sondern vor allem auch des Herrn, der großes Vertrauen in ihn setzt.
Mir fällt hier das Wort von der Ebenbildlichkeit des Menschen gegenüber Gott ein. Gott hat den Menschen zum Statthalter, zum Repräsentanten seiner Herrschaft über die Erde gemacht. Diese »Herrschaftsübergabe« umschließt Vertrauen und Verantwortung.
Wie gehen wir damit um?

◆ *Bibelstellen:* 1. Mose 1,27; Luk. 19,11–26.

## 93

Mission scheitert an Seekrankheit

◆ *Themen:* Handeln, Mission, Scheitern, Naivität

*Anmerkungen und Anregungen*

Diese Meldung liest sich fast wie ein Witz. Über soviel Naivität muß man eigentlich lächeln.

Es geht dabei sowohl um das Problem der Vorbereitung eines Unterfangens, als auch um das Missionsverständnis. Beides scheint von den Missionaren wenig durchdacht zu sein. Welchen Erfolg hätten sie vermutlich bei den Insulanern gehabt, wenn ihr Vorhaben nicht schon im Ansatz gescheitert wäre?
Ihr Verständnis von Mission mutet recht antiquiert an. Mission versteht sich heute in einem umfassenden Sinn: »Früher hatte die Mission Probleme, heute ist sie sich selbst zum Problem geworden« (Walter Freytag).
»Während früher Afrikaner und Asiaten am Missionar ablasen, was Christsein heißt, so steht heute die Kirche als ganze wenigstens potentiell im Rampenlicht und ist durch ihre bloße Existenz eine missionarische Demonstration oder eine der wirksamsten Formen der Gegenmission« (Josef Schmitz).
Noch etwas zeigt uns diese Geschichte wieder einmal: Große Vorhaben können an ganz banalen kleinen Dingen scheitern.

◆ *Zum Vergleich:* Josef Reding, Nipfes visitiert..., GzN 200–205; Theodore O. Wedel, Das Gleichnis von der unnütz gewordenen Rettungsstation, GzW 246 f; Josef Reding, Sie nannten ihn Padrechico, GzW 247–253.
◆ *Bibelstellen:* 1. Kor. 15,58; 16,10; 1. Tim. 2,4; Offb. 7,9.

# 94

Martin Buber, Nach dem Tod

◆ *Themen:* Handeln, Solidarität, Gerechtigkeit, Barmherzigkeit, Liebe

*Anmerkungen und Anregungen*

Diese kleine Geschichte regt zum Vergleich an mit dem Hörspiel von Günter Eich »Festianus Märtyrer«.
Hier wie dort bleibt der dem Paradies Zugewiesene freiwillig in der Hölle bei seinen unglücklichen Mitgeschöpfen, weil er erkennt, daß das kein Paradies sein kann, aus dem ein Teil der Menschheit ausgeschlossen ist. Mit seiner Ent-

scheidung sprengt er die Endgültigkeit dieser Trennung in oben und unten. Die Hölle ist aber kein jenseitiger Ort, sie existiert in unserer Wirklichkeit, verursacht von uns selbst. Eich läßt den Teufel Belial sagen: »Wer müßte schon die Erde verlassen, um die Hölle kennenzulernen.«
Es liegt also an uns, etwas dagegen zu unternehmen.

Ergänzender Text:
»Man muß sich zusammen retten ... Man muß zusammen beim lieben Gott ankommen. Was würde er zu uns sagen, wenn wir zu ihm kämen, die einen ohne die andern« (Ch. Péguy).
»Die Hölle, das sind die anderen« (J. P. Sartre).
»Die Hölle ist man selbst« (T. S. Eliot).

# VERGEBEN

*Indem wir verzeihen, wird uns verziehen*
*Franz von Assisi*

Bei aller Verschiedenheit machen alle Texte zu diesem Thema eines deutlich:
Vergebung kann nicht aufgrund von moralischen Appellen erreicht werden. Will man Vergebung von einem Andern imperativ erwirken, so wird er sich entziehen, vielleicht sogar sich rechtfertigen wollen: »Aber so schlecht bin ich doch gar nicht.« »Beginn doch du mit der Vergebung.«
Vergebung kann sogar, so moralistisch mißverstanden, zu einer Waffe in der Hand des Selbstgerechten werden, zu einer Demonstration des eigenen (christlichen) Wohlverhaltens.
Vergebung kann also nicht eine kasuistische, verrechnende Einzelhandlung sein, sondern ist eine Haltung, die aus dem Herzen kommt (95, 96; vgl. Matth. 18,21: »Nicht bis siebenmal, sondern bis 77mal sollst du vergeben«, das meint immer).
Vergebung ist für einen Menschen ohne diese aus dem Herzen kommende Haltung bloß Dummheit (97).
Die Haltung, die einen vergebungsvoll leben läßt, kommt wohl am ehesten dadurch zustande, daß ich mir zuerst klar mache, wie stark ich selber von Vergebung und von unverdienter Liebe lebe (98, 99).
Vergebung hat so etwas zu tun mit Selbstkritik, mit Demut, letztlich mit Glaube (daß nicht ich der allgerechte Gott bin) (100). Und immer wieder erweist sie sich als befreiende Tat (101).

*M. L.*

## 95

Das Herz des Taugenichts

◆ *Themen:* Vergebung, Liebe

*Anmerkungen und Anregungen*

Man denkt beim Lesen dieser Geschichte an Heinrich Pestalozzis Ausspruch: Kopf, Herz und Hand zusammen machen erst einen ganzen Menschen aus.
Wird in unserer Geschichte nicht einseitig das Herz überbetont? Ist es nicht auch eine idealistische Überforderung eines jungen Mannes, der Mutter das Herz zu schenken?
Nun wird diese Forderung in der Geschichte selber aber relativiert. Der Taugenichts macht Fehler. Sein Verhalten wird nicht einfach als richtig bewertet. Aber Liebe, der Einsatz des Herzens, macht alle Fehler wieder gut.
Wir haben es hier mit einer Beispielgeschichte zu tun zum Ausspruch: »Mit dem Herzen bei der Sache sein.«
»Man sieht nur mit dem Herzen gut« (A. de Saint-Exupéry, Der Kleine Prinz).

◆ *Zum Vergleich:* Ernst Lange, Der Dreckspatz, GzN 187–189; Ernst Kein, Vater zuliebe, GzW 205–211.
◆ *Bibelstellen:* Matth. 6,21; Luk. 18,9–14; 21,1–4.

## 96

Wilhelm von Scholz, Das letzte Stündlein

◆ *Themen:* Vergebung, Beichte, Tod

*Anmerkungen und Anregungen*

Dieser Witz macht zwei Dinge deutlich:
1. Der Bauer läßt sich davon überzeugen, daß man vor dem Tod seine Dinge noch in Ordnung bringen soll. Diesem Bedürfnis begegnet man tatsächlich bei Sterbenden.
Es scheint uns als ungemein belastend, wenn Haß und Unversöhnlichkeit den Tod überdauern (vgl. Martin Lienhard, Die Schrift an der Wand, GzW 169 f).
2. Gleichzeitig wird mit der Pointe die menschliche Schwachheit aufgedeckt. Gute Vorsätze, angesichts des Todes gefaßt, werden vergessen, wenn die Gefahr wieder vorüber ist.
Die Pointe des Witzes besteht darin, daß der Bauer offen zu diesem »Vergessen« steht.

Als ich diese Geschichte mit mir herumtrug, sagte mir ein älterer Bauer im Berner Oberland: »In jenen Gasthof bringt mich kein Ochse, auch nicht, wenn meine Frau mit dem gemischten Chor dort auftritt. Mit dem Wirt habe ich seit Jahren Streit.«

◆ *Zum Vergleich:* Josef Hen, Der Tod des Millionärs, GzN 20–24; Ernest Hemingway, Das Gebet im Trommelfeuer, in diesem Buch Nr. 54.
◆ *Bibelstellen:* Matth. 18,21–35; 22,39.

# 97

## Dummheit

◆ *Themen:* Vergebung, Gerechtigkeit

*Anmerkungen und Anregungen*

Der Titel unserer Geschichte weist darauf hin, daß die Handlung des Erben verschieden interpretiert werden kann.
Ist sein Verhalten einfach Dummheit?
Ist es gar Verantwortungslosigkeit, wenn wir annehmen, daß der Erbe eine Familie hat?
Ist es Schwäche?
Oder ist es etwa doch echte Vergebungsbereitschaft?
Handelt der Mann aus echter (christlicher) Überzeugung, so ist zu fragen, was mit seinem Handeln gewonnen ist.
Gibt es dann einfach einen Profiteur, der sich ins Fäustchen lacht, oder gibt es Menschen, die sich von diesem Beispiel anstecken lassen? Ist also, anders gefragt, solches Handeln gesellschaftsverändernd? Oder handelt der Erbe »nur« wegen seines eigenen Seelenfriedens so?
Wichtig scheint mir die Feststellung zu sein, daß der Mann wider alle Vernunft und wider alle gesellschaftlichen Gepflogenheiten handelt. Tätige Vergebung kann nicht einem einmaligen (sentimentalen) Akt gleichgesetzt werden. Sie kann nur aus einem im Vergleich zur üblichen Moral anderen Selbstverständnis entspringen. Wäre das christliches Leben? Hat das mit Bekehrung zu tun?

◆ *Zum Vergleich:* Josef Reding, Der Gegenschlag, GzN 70–72; Martin Lienhard, Die Schrift an der Wand, GzW 169 f.
◆ *Bibelstellen:* Matth. 18,21–35.

## 98

Ethelbert Stauffer, Die jüdische Ärztin

◆ *Themen:* Vergebung, Liebe

*Anmerkungen und Anregungen*

Der Text ist so aufgebaut, daß er keiner weiteren Erläuterungen bedarf.
Ich überlege mir nur: Gibt es für mich auch Menschen, denen ich mein Leben verdanke?
Und: Hat dieses »Geschenk« von Mitmenschen auch mit meinem Glauben zu tun, daß ich von der Liebe Gottes lebe?

◆ *Zum Vergleich:* Josef Reding, Sie nannten ihn Padrechico, GzW 247–253.
◆ *Bibelstellen:* Matth. 5,46; 18,28–35.

## 99

Martin Niemöller, Mensch und Unmensch

◆ *Themen:* Vergebung, Menschsein

*Anmerkungen und Anregungen*

Zu solchen Erkenntnissen können wir kaum verstandesmäßig kommen. Diese überfallen uns »wie ein Blitz« (von außen her?) und erfassen unser ganzes Wesen.
Unterschiede zwischen Menschen, vor allem zwischen uns und den andern, sehen wir schon. Aber um hinter diesen Verschiedenheiten das Gemeinsame zu sehen, braucht es »Durchblick«, den klaren Blick des Herzens.
Dann erst verstehen wir Jesu Ausspruch: »Gott läßt die Sonne auf böse und auf gute Menschen scheinen ...« (Matth. 5,45).

Vergebung ist mit diesem Durchblick keine Forderung mehr, sondern eine selbstverständliche Folge.

## 100

Martin Buber, Das Sündenregister

◆ *Themen:* Vergebung, Demut

*Anmerkungen und Anregungen*

Lachen ist befreiend. Das Lachen wischt die Sünden nicht einfach unter den Tisch, aber es gibt ihnen den ihnen zukommenden Platz: Sie sind nicht mehr das entscheidende Kriterium für die Beurteilung eines Menschen. Sie gehören zwar immer noch zu ihm, aber nicht als seine Wesenheit. Seinem Mensch-Sein (vgl. Geschichte Nr. 101 in diesem Kapitel) wird kein Abbruch getan, wie es z. B. der Pharisäer in Luk. 18,10 ff gegenüber dem Zöllner tut.
Solches Lachen braucht die Größe, sich selbst nicht allzu wichtig zu nehmen und schließt letztlich das Lachen über sich selbst mit ein.

## 101

Heinrich Spaemann, Güte

◆ *Themen:* Vergebung, Gerechtigkeit, Gemeinschaft, soziales Verhalten

*Anmerkungen und Anregungen*

Ohne *Vertrauen* ist kein Zusammenleben möglich. Wenn einer durch einen Mißbrauch die Atmosphäre vergiftet, ist keinem geholfen, wenn alle einfach auf die Wiedergutmachung durch den Täter warten. Die übliche Reaktion bei Entdeckung des Täters wäre dessen Ausschluß aus der Gemeinschaft.
Wäre damit das Vertrauen zurückgewonnen, wären all die ausgesprochenen und unausgesprochenen Vermutungen und Anschuldigungen, die mißtrauische Zurückhaltung ungeschehen gemacht?

Es braucht die aktive Wiederherstellung des Vertrauens, die Arbeit des Einzelnen an der Gemeinschaft.
Vergebung hat so gesehen nicht nur einen individuellen Aspekt, wie er in der vorherigen Geschichte herausgestrichen wird. Sie hat auch eine soziale Dimension, macht letztlich menschliches Zusammenleben erst möglich.

◆ *Zum Vergleich:* Zwei Menschen wollten Hochzeit halten, GzW 159.
◆ *Bibelstellen:* Matth. 13,44 f; 16,24–26; 19,16–22.

# DIALOG

*Mein Du wirkt an mir, wie ich an ihm wirke*
*M. Buber*

»Man muß bloß miteinander reden« ist ein geläufiges Schlagwort, wenn sich gewisse Schwierigkeiten im Umgang miteinander auftun. Zweierlei schwingt darin mit: als wäre dies die selbstverständlichste Sache von der Welt und als ließen sich auf diese Weise selbst schwerwiegende Hemmnisse beseitigen. In Wahrheit kommt es dagegen sehr darauf an, wie im Dialog z. B. die Rollen verteilt sind und ob beide einander zu Wort kommen lassen, kurz: wieweit man auf den anderen zu hören vermag (102).

Enttäuschungen bereiten die manierlichen Floskeln, die im gesellschaftlichen Verkehr ein Interesse am Gegenüber vortäuschen und zugleich vermissen lassen (103). Dem gegenüber kann das »Gewöhnliche« einer nachbarschaftlichen Unterhaltung einen ungewöhnlichen Nachhall bekommen, wenn einem dabei das Glück einer verläßlichen Beziehung und der Beheimatung bewußt wird (104, 105).

In der Sprache drückt sich stets auch das Verhalten aus (selbst wenn sie der Verschleierung dient). Gäbe man eigens darauf acht, würde wohl offenbar, in welchem Maße hierbei ein Grundproblem jedwegen menschlichen Zusammenlebens, das Pendeln zwischen den Bedürfnissen nach Nähe und nach Distanz, eine Rolle spielt (106). Daraus haben sich gesellschaftliche Spielregeln und Förmlichkeiten entwickelt, die nicht selten zum puren Gegenteil ausschlagen und die Kommunikation eher behindern, statt sie zu fördern (107).

Im Kern gehört hierzu auch die Erkenntnis, daß sich parallel zum gesprochenen Dialog noch ein anderer, unausgesprochener denken läßt, in dem sich die verdrängten Gefühle der Aggression oder der Antipathie kundtun könnten, was natürlich keiner der Beteiligten zulassen möchte (108).

Wie die Bedürfnisse der Menschen im Umgang und Gespräch miteinander zu befriedigen sind, ist eine weitge-

spannte Frage. Was mangels Einfühlungsvermögen in dieser Hinsicht versäumt wird und zu Schaden kommt, versucht man heutzutage auf alle mögliche Weise, durch aufklärende Bücher und Kurse zur Gesprächsführung zu verbessern. Ob sich die Ergebnisse als künstlicher Ersatz oder als wirklicher Gewinn herausstellen, kommt jeweils auf die Reife des Einzelnen an (109, 110).
Zur Spannweite des Dialogs gehört, daß auch die Grenze zu beachten ist, denn »Schweigen hat seine Zeit, und Reden hat seine Zeit« (Pred. 3,7). Manches muß auch am Ende offen bleiben, als Geheimnis und als noch nicht erschlossene Wirklichkeit (111).

*U. K.*

## 102

Bertolt Brecht, Gespräche

◆ *Themen:* Dialog, Kommunikation, Veränderung, Initiative

*Anmerkungen und Anregungen*

Es ist eine Binsenweisheit, daß Dialog etwas anderes bedeutet als Monolog plus Zuhörer. Und es käme uns absurd vor, ließe bei einer Fernsehdiskussion der Moderator seine Gesprächspartner nicht zu Wort kommen. Indessen, eben diese Absurdität ist gar nicht so selten das Übliche, wenn wir bedenken, bei wieviel familiären Einladungen und Gruppenzusammenkünften bestimmte Leute das Wort führen und andere nicht den Mund aufbekommen. Genau diese Situation nimmt Bert Brecht aufs Korn. Sein Grundsatz, daß die gesellschaftlichen Verhältnisse als veränderbar zu begreifen sind, konkretisiert sich auf dieser ganz persönlichen Ebene einer Zweierbeziehung. Hier muß etwas anders werden – etwas im Aufbegehren dessen, der bisher sich nichts zu sagen getraute, oder in einem neuen Verhalten dessen, der in dieser Hinsicht keine Hemmungen kannte. Beiden Seiten wird also ein Lernprozeß abverlangt. Gäbe es Gelegenheit zu einem Gruppengespräch darüber, dann ließen sich etwa folgende Anhaltspunkte zusammenstellen:

A. Für die Ungenierten:
- Warte erst, ob andere zu Wort kommen möchten;
- Gib acht, ob du deinen Gesprächsbeitrag nicht besser in Form einer Frage statt einer Antwort formulieren kannst;
- Versuche nicht, alles eigene Wissen anzubringen;
- Bemühe dich um eine kooperative Rolle in der Gruppe, äußere dich also nicht abfällig über den Gesprächsbeitrag eines anderen, sondern äußere dich selber in bestätigender Weise.

B. Für die Gehemmten:
- Gib acht, wann sich für dich eine Gelegenheit ergibt, etwas aus eigenem Erleben beizusteuern;
- Geh auf ermutigende Anreden ein, um deine Meinung zu äußern;
- Füge dich der Äußerung eines Gruppenmitglieds an, mit dem du dich identifizieren kannst;
- Riskiere es, zu gegebener Zeit der ganzen Gruppe zu sagen, daß du dich vom bisherigen Verlauf nicht ermutigt fühlst, um deine eigene Meinung kundzutun.
- Sieh hinterher zu, ob du nachträglich mit einem dazu aufgeschlossenen Gruppenmitglied über deine Hemmung reden kannst.

◆ *Zum Vergleich:* Salcia Landmann, Das Kopfweh, in diesem Band Nr. 110; Kurt Marti, Ja, GzW 142–145.
◆ *Bibelstellen:* Spr. 20,12; 31,8; Sir. 5,13; Jes. 50,4.

# 103

Rudolf Bohren, klage eines chronisch kranken

◆ *Themen:* Dialog, Kommunikation, Isolierung

*Anmerkungen und Anregungen*

Die in der DDR beheimatete Liedermacherin Bettina Wegner äußert sich betroffen über ihre Eindrücke in Westdeutschland: »Da kommt einer in die Kneipe. Die kennen sich alle. ›Na, Tach, wie geht's dir?‹ Du willst dem gerade erzählen, wie es dir geht, da geht der schon zum nächsten:

›Na, Tach, wie geht's dir?‹ Den interessiert überhaupt nicht, wie es dir geht. Und wenn einer mal wirklich ein Problem hat, dann löst sich sofort die gemütliche Kneipenrunde auf. Das hat mich unheimlich erschreckt. Das habe ich nirgendwo anders so gesehen. Nee, bei uns gibt's das nicht! Ich glaube, die haben viel Wärme nötig, da in eurem sauber blinkenden Supermarkt, da im Westen« (aus einem Interview in »Die Zeit«).

◆ *Zum Vergleich:* H. L. Gee, Ich traf nur Wilkins, in diesem Kapitel Nr. 104.

## 104

H. L. Gee, Ich traf nur Wilkins

◆ *Themen:* Dialog, Kontakte, Nachbarschaft, Heimat

*Anmerkungen und Anregungen*

Gerade das Undramatische, Unauffällige dieses Textes gibt zu denken. Eben dieses »Gewöhnliche« einer nachbarschaftlichen Begegnung gewinnt in der vorliegenden Darstellung einen Glanz des Besonderen, und das sicher nicht von ungefähr. Denn jede neue Erfahrung von Gemeinsamkeit, wie sie hier zutage tritt, ist ein Gewinn für das eigene Lebensgefühl, zumal wenn sie wie in diesem Fall die Einwurzelung in die Umwelt des eigenen Wohnplatzes vertieft.
Dieser Text geht eigentlich über das Themenspektrum »Dialog« hinaus; denn zweifellos hat solche Basis für weitere Begegnungen auch etwas mit Selbstverwirklichung zu tun. Es ließe sich aber ebenso darüber nachdenken, wieweit sich heutzutage gerade anhand derartiger Erfahrungen der Begriff »Heimat« neu verstehen läßt.

◆ *Zum Vergleich:* Bertolt Brecht, Zwei Städte, in diesem Kapitel Nr. 105.
◆ *Bibelstellen:* 3. Mose 19,33 f; Sir. 6,16; 7,20; Röm. 15,7.

## 105

Bertolt Brecht, Zwei Städte

◆ *Themen:* Dialog, Gastfreundschaft, Zuwendung

*Anmerkungen und Anregungen*

In der Kürze der Bezeichnungen für das, was dem Gast in der einen und der anderen Stadt widerfuhr, werden zwei grundverschiedene Arten von Entgegenkommen definiert: in der Stadt A gab es ein Zuviel an Worten und Gesten, andererseits ein Zuwenig an konkreter Zuwendung. In der Stadt B hingegen machte man wohl wenig Worte, ließ dafür den Fremden um so handgreiflicher an ihrem Leben teilnehmen und übte damit überzeugende Gastfreundschaft.

Gastfreundschaft üben – wie tüchtig oder wie untüchtig sind wir in dieser Hinsicht? Wie offen ist dafür unser Haus, unsere Gruppe, unsere Gemeinde? Doch denken wir auch daran: Es ist hier nicht das Gesellschaftsspiel von Einladung und Gegeneinladung gemeint, das in einem längst vorhandenen Bekanntenkreis abläuft, sondern es geht hier um den Fremden, den es in unsere Gegend verschlagen hat.

Ergänzender Text:

»Wir leben in einer Welt der Fremden und der einsamen Menschen. Wir leben in einer Welt von Menschen, die abgetrennt sind von ihren Freunden, von ihren Familien, von ihrem Land, von ihrer Kultur, von ihrer Sprache – ja, abgetrennt von ihrer eigenen Biographie – die in einem gebrochenen Verhältnis stehen zu sich selber und natürlich auch zu ihrem Gott. Und von all denen, die da als Fremde unruhig und unbehaust in unserer Welt herumlaufen, dürft Ihr immer annehmen, daß sie eines suchen: einen Platz, an dem sie sich ausruhen können. Einen Platz, an dem sie zur Ruhe kommen, an dem sie nicht schon wieder ›was bringen‹ müssen, an dem sie sich nicht schon wieder vor anderen schützen müssen, die etwas von ihnen haben wollen – wo sie das Visier herunternehmen dürfen und die Waffen ablegen, mit denen wir uns ständig verteidigen zu müssen glauben. Die Menschen wünschen sich heute vor allem, daß sie einen Platz finden, an dem sie zur Ruhe kommen, sodaß sie nicht schon wieder vor sich davonzulaufen brauchen, sondern, weil einer ihnen zuhört, wieder ihre eigene Stimme in sich hören können und so vielleicht wieder ihren eigenen Weg herausfinden. Und darum verlangt Gastfreundschaft heutzutage gar nicht den ganzen Zauber, den wir häufig in der Generation unserer Eltern mit dem Stichwort ›Besuch‹ verbunden sahen ... Das ist alles nicht nötig! Was nötig ist, ist ein Stuhl, wo man sich setzen kann, und jemand der zuhört« (Prof. Rolf Zerfaß, Würzburg, in einer Traupredigt).

◆ *Zum Vergleich:* Ernst Lange, Die Kerzen, GzN 197–199.
◆ *Bibelstellen:* 2. Mose 23,9; Hebr. 13,2.

# 106

Arthur Schopenhauer, Die Stachelschweine

◆ *Themen:* Dialog, Kommunikation, Distanz und Nähe, Selbstständigkeit

*Anmerkungen und Anregungen*

Die Bedeutung dieser Geschichte ist gleich zur Hand. Gemeint sind die zwischenmenschlichen Beziehungen bzw. die Notwendigkeit der Balance zwischen Distanz und Nähe.

Doch so schnell der Sinn der Geschichte zu definieren ist, so kompliziert geht es zu, wenn wir nach konkretem Anschauungsmaterial Ausschau halten und über die entsprechenden Folgerungen nachdenken:

- In welchen Situationen (Schulklasse, Arbeitsplatz, freundschaftliche Kontakte usw.) habe ich bereits Schwierigkeiten dieser Art erlebt?
- Wann war Distanz für mich belastend?
- Wann war Nähe für mich belastend?
- Was kann ich selber wohl unternehmen, um ein Zuviel an Nähe zu vermindern?
- Was kann ich wohl unternehmen, um ein Zuviel an Distanz zu verringern?

Fest steht: weil die Menschen keine Stacheln tragen, müssen wir selber aufgrund von Lebenserfahrung und Instinkt, von Besonnenheit und Fingerspitzengefühl fortwährend neu diese Balance herstellen.

◆ *Zum Vergleich:* Marie Luise Kaschnitz, Die Füße im Feuer, GzW 230–239; Die kleinen Leute von Swabedoo, GzW 239–242.

# 107

## Die Geschichte vom Königreich Ums Eck

◆ *Themen:* Dialog, Kommunikation, Spielregeln, Distanz und Nähe

*Anmerkungen und Anregungen*

Dieser Text schließt sich dem Motiv nach dem vorhergehenden an mit der Frage, wieweit jede Gesellschaft ein System von Umgangsformen ausbildet, das ein gewisses Maß zwischen Distanz und Nähe wahrt. Im »Königreich Ums Eck« erscheint das geradezu absurd auf die Spitze getrieben. Aber es lassen sich durchaus gegenwartsbezogene Überlegungen daraus entwickeln:

- Haben gesellschaftliche Spielregeln, die den zwischenmenschlichen Verkehr sozusagen »ums Eck« steuern, nicht auch ihre positive Seite?
- Wenn einesteils feststeht, daß heutzutage allerhand frühere Förmlichkeiten außer Gebrauch gekommen und im allgemeinen die Umgangsformen zwangloser geworden sind, ist doch zu fragen, ob nicht benachteiligte Gruppen Hindernisse beibehalten oder auch neu herbeigeführt sehen.
- Was sagen hier etwa Jugendliche im Blick auf die Erwachsenengesellschaft?
- Was sagen hierzu etwa alleinstehende Frauen im Blick auf die Männergesellschaft?
- Was sagen hierzu etwa Teilnehmer an Bürgerinitiativen im Blick auf das Labyrinth amtlicher Kompetenzen?
- Was sagen hierzu etwa Neuzugezogene im Blick auf das Labyrinth ihrer neuen Umwelt?
- Worin sehe ich mich selber, sehen wir uns als Gruppe betroffen, und was für Folgerungen lassen sich daraus ziehen?

◆ *Zum Vergleich:* Arthur Schopenhauer, Die Stachelschweine, in diesem Kapitel Nr. 106.

## 108

Kahlil Gibran, Die Schlafwandler

◆ *Themen:* Dialog, Selbstsein, Kindheit, Liebe und Haß, Ersatzgefühle

*Anmerkungen und Anregungen*

Fanita English hat die Theorie der sog. Ersatzgefühle entwickelt, wonach wir schon in früher Kindheit gelernt haben, bestimmte echte Gefühle zu unterdrücken, weil sie unseren Eltern bzw. der Umwelt nicht erwünscht waren, und dafür Ersatzgefühle zu produzieren, die ihnen gefielen. Daraus wurde so etwas wie eine »zweite Natur«, und wir merken gar nicht mehr in unserem Bewußtsein, welche Empfindungen im Unbewußten rege sind – mit Ausnahme von Streß-Situationen, in denen diese eruptiv die Oberhand gewinnen.
Die Geschichte von den beiden Schlafwandlerinnen wirkt geradezu beispielhaft für diese Einsichten. Sie macht Abgründe offenbar, die sich hinter unseren geläufigen Dialogen verbergen, mit denen wir uns tagsüber aufs freundlichste begegnen. Ahnen wir, was unser Mund im Schlafwandeln bzw. im Traum preisgeben könnte?

◆ *Zum Vergleich:* Marie Luise Kaschnitz, Wer kennt seinen Vater, GzW 194–200.
◆ *Bibelstellen:* 3. Mose 19,17; Mal. 3,23 f.

## 109

Streicheleinheit

◆ *Themen:* Dialog, Kommunikation, Grundbedürfnisse, Minderwertigkeitsgefühle

*Anmerkungen und Anregungen*

Dank der modernen Entwicklungspsychologie weiß man, wie lebenswichtig die frühkindlichen Erfahrungen liebender Zuwendung sind und wie folgenschwer ihr Mangel ins Erwachsenenleben weiterwirkt. Minderwertigkeitsgefühle und Kontaktschwierigkeiten können davon herrühren.
Um solchem Mangel nachträglich abzuhelfen, bieten heutzutage die verschiedensten therapeutischen Institute ihre Hilfe in Form von Selbsterfahrungsseminaren an. Gewisse schematische Praktiken und Ausdrucksweisen (»Streicheleinheit«), die dort teilweise im Schwange sind, werden vom vorliegenden Text glossiert. Zugleich nimmt er offenbar die fortschreitende Automatisierung von Dienstleistungen, die bisher von Mensch zu Mensch erfolgten, aufs Korn. Die Frage ist: Wo tritt uns im eigenen Umkreis das hier angesprochene Problem entgegen? Sehen wir Menschen, die vergebens auf Zeichen der Bestätigung warten? Und sind wir selber zu solcher Zuwendung imstande?

◆ *Zum Vergleich:* Die kleinen Leute von Swabedoo, GzW 239–242.

# 110

Salcia Landmann, Das Kopfweh

◆ *Themen:* Dialog, Kommunikation, Depression, Seelsorge

*Anmerkungen und Anregungen*

Wie weit und tiefgreifend im Ernst solcher »Austausch« stattfinden kann, daß der eine, von seiner Belastung redend, diese los wird, während der andere sie im teilnehmenden Zuhören unversehens übertragen bekommt, können Seelsorger und Therapeuten vollauf bestätigen.
Indessen, welche Frage erhebt sich mir, der ich weder Pfarrer noch Therapeut bin, aus dieser Geschichte? Ich mag mich nicht spöttisch über diese Frau erheben, wie es der Wortlaut nahelegen könnte; vielmehr sehe ich auf ihrer Seite die Bedürftigkeit zahlloser Menschen, die im Alltag, in

ihrer Umwelt solch eine Zuwendung entbehren, die sie von ihrem »Kopfweh«, ihrer Trauer, ihrem Nichtverstandensein, ihrer Depression entlasten würde.
Und ich überlege weiter, in welchem Maße ich dazu imstande wäre, solche Zuwendung zu leisten. Was gehört wohl dazu?

- Daß ich das Zuhören lerne;
- daß ich dem anderen zugewandt bin, ohne mich von ihm vereinnahmen zu lassen;
- daß ich den anderen zu Wort kommen lasse, ohne ihm vorschnell eigene Erkenntnisse und Ratschläge entgegenzuhalten;
- daß ich zu gegebener Zeit meinerseits zusammenfasse, was ich von den mitgeteilten Problemen verstanden habe, um darauf mit dem anderen zu überlegen, welchen ersten Schritt zur Veränderung er aus eigener Kraft leisten könnte.

◆ *Zum Vergleich:* Bertolt Brecht, Gespräche, in diesem Buch Nr. 102.
◆ *Bibelstellen:* Spr. 20,12; Matth. 11,5; Gal. 8,2.

## 111

Ernst Bloch, Der Berg

◆ *Themen:* Schweigen, Grenzerfahrungen, Geheimnis

*Anmerkungen und Anregungen*

Es gibt eine Perspektive, daß sich der Mensch in den Möglichkeiten der Mitteilbarkeit entwickeln und diese erweitern kann. Doch die andere darf dabei nicht überspielt oder außerachtgelassen werden: daß es Grenzen des Mitteilbaren gibt und daß es darauf ankommt, Grenzen zu respektieren, wo Schweigen am Platze und die Berührung mit weiteren Dimensionen der Wirklichkeit zu ahnen ist.
Der altertümliche Stil der Kalendergeschichte vergegenwärtigt eine Lebenshaltung, für die das Unaufklärbare und Geheimnisvolle schier selbstverständlich dem Augenscheinlichen und Landläufigen benachbart war. Daß sie von

einem marxistischen Philosophen neu aufgezeichnet und in eine seiner wesentlichen Schriften aufgenommen wurde, mag ein Hinweis darauf sein, daß der Zugewinn an kritischen Einsichten durchaus mit dem Respekt vor dem Unsagbaren zu vereinen ist.

Ergänzender Text:

»Schauen Sie sich die Geschichte der Christen an, die Geschichte der christlichen Mystik, die Geschichte der Heiligen bei den Christen: Immer ist es so gewesen, daß diesen Leuten geschehen ist der Durchbruch von dem freundlich Geglaubten, was sie nicht tröstete, obwohl sie hofften, es möchte sie trösten, in das unerträglich Gesehene, und dahinter kam das Eigentliche, und dieses Eigentliche kann man nicht in Theologie verwandeln.«

(C. F. von Weizsäcker über Reinhold Schneiders Erschrekken vor der Schöpfung)

◆ *Zum Vergleich:* Werner Reiser, Vom Engel, der am Weihnachtsabend weinte, GzW 132–135.

◆ *Bibelstellen:* 1. Kor. 13,12.

# LIEBE

*Nicht lieben, das ist die Hölle*
*G. Bernanos*

Daß der Mensch ohne Liebe nicht lebensfähig ist, wird heute wohl von niemandem mehr bezweifelt (112). Aber was ist das eigentlich – Liebe? Wissen wir immer genau, was wir meinen, wenn wir von Liebe sprechen? Oft verwechseln wir Liebe mit Narzißmus (113). Und wir finden den anderen nur dann liebenswert, wenn wir ein hohes Maß an Bestätigung von ihm empfangen, wenn er in einen von uns geformten Rahmen paßt (114).
Aber zur Liebe gehört sicher: von sich selbst absehen können (115), sich in den anderen einfühlen, wissen, wie es um ihn steht (116). Liebe braucht Beständigkeit. Doch sie ist kein beengendes Korsett, sie lebt auch vom Loslassenkönnen, kennt Höhen und Tiefen und klammert Konflikte nicht aus (117). Liebe wächst durch gegenseitiges Verständnis, durch die Annahme des andern mit seinen Eigenarten (118). Und Liebe kann den Haß besiegen (119).

*L. G.*

## 112

Salimbene von Parma,
Ein gefährliches Experiment

◆ *Themen:* Liebe, Vertrauen, Zuwendung, Erziehung

*Anmerkungen und Anregungen*

Diese kleine Geschichte ist ziemlich bekannt. Sie zeigt exemplarisch, daß ein Mensch, um lebensfähig zu werden, zunächst die ganze Zuwendung eines anderen Menschen braucht. Das ist neben der leiblichen Versorgung die persönliche Wärme, das Angesprochenwerden, die Mimik und Gestik. Und dies ist selbst dann von Bedeutung, wenn der Säugling nicht hören oder sehen kann. Wichtig ist, daß er die Zuwendung *spürt*. Nur so kann das Urvertrauen wach-

sen, das zu einem glückvollen Leben gehört, ja ohne das kein Leben möglich ist.
Der beschriebene Fall ist sicher einmalig, aber Störungen des Vertrauens zwischen einem Kind und seiner Umwelt sind zahlreich, und sie wirken prägend für das ganze Leben. Verursacht werden sie nicht nur durch mangelnde Zuwendung, sondern auch durch negative Zuwendung. »Wenn jemand ignoriert, gehänselt, verachtet, gedemütigt wird, wenn an seinem Äußeren herumgemäkelt wird, wenn jemand ausgelacht oder verspottet wird, erfährt er dadurch, daß man ihn für unwichtig hält« (James/Jongeword, Spontan leben). Jeder Mensch wird wohl solche Erfahrungen von Mißachtung haben. Sie wirken sich auf die seelische und körperliche Gesundheit aus. Und auf die Bindungs- und Glaubensfähigkeit.

◆ *Zum Vergleich:* Haug von Kuenheim, Das Leben des Christoph B., GzN 122 f.; Gerd Heinz-Mohr, Das Gleichnis vom verlorenen Vater, GzW 201.
◆ *Bibelstellen:* Jes. 43,1.

# 113

Brüder Grimm, Prinzessin Mäusehaut

◆ *Themen:* Liebe, Selbstsein, Vergebung, Anspruch

*Anmerkungen und Anregungen*

Der König fragt nach der Liebe seiner Töchter. Wie ist es um seine eigene Liebe zu ihnen bestellt?
Er liebt nicht, er will geliebt werden. Aber nicht so, wie er ist, sondern so, wie er sich in seinem übermäßigen Anspruch sieht.
Auch der junge König hat seine besondere Vorstellung von Liebe: er liebt die Schönheit, die äußere Erscheinung; mit dem unscheinbaren, mausgrau verkleideten Menschen ging er recht lieblos um. Beide Könige spiegeln unsere eigene falsche Einstellung zur Liebe wider. Wir machen uns gern ein Bild – von uns selbst und vom anderen (»Bilder« lieben »Bilder«).

An der dritten Tochter sehen wir, was Liebe wirklich ist: sie liebt den anderen, wie er ist und obwohl sie Böses von ihm erfahren hat. Ihre Liebe ist beständig, so wie das rechte Maß an Salz in den Speisen unaufdringlich wirksam ist.
In welchen Personen des Märchens finden wir etwas von uns selbst wieder?

◆ *Bibelstellen:* Matth. 5,44 ff; 1. Kor. 13,4 ff.

## 114

Bertolt Brecht, Wenn Herr K. einen Menschen liebte

◆ *Themen:* Liebe, Bildnis, Glück

*Anmerkungen und Anregungen*

Ergänzender Text:
»›Du bist nicht‹, sagt der Enttäuschte oder die Enttäuschte, ›wofür ich dich gehalten habe.‹ Und wofür hat man sich denn gehalten? Für ein Geheimnis, das ja der Mensch immerhin ist, ein erregendes Rätsel, das auszuloten wir müde geworden sind. Man macht sich ein Bildnis. Das ist das Lieblose, der Verrat ...« (Max Frisch).
Was steckt hinter unserer Suche nach dem Bildnis, das wir lieben können?
Meditation: Ich male mir in Gedanken das Wunschbild eines liebenswerten Menschen. Ich sehe ... Ich fühle ... Ich erfahre ... Ich entdecke ...
Ergänzender Text:
»Ich halte es nicht für das größte Glück, einen Menschen ganz enträtselt zu haben. Ein größeres Glück ist es noch, bei dem, den wir lieben, immer mehr Tiefen zu entdecken, die uns immer mehr die Unergründlichkeit seiner Natur in ihrer ewigen Tiefe offenbaren« (Fjodor Dostojewski).

◆ *Zum Vergleich:* Hermann Gilhaus, Der Adler, GzN 14 f; Ernst Klein, Vater zuliebe, GzW 205–211.
◆ *Bibelstellen:* 5. Mose 5,8.

# 115

Nicola Erdelyi,
Die beiden Brüder auf dem Berg Morija

◆ *Themen:* Liebe, Brüderlichkeit, Gerechtigkeit, Utopie

*Anmerkungen und Anregungen*

Die Realität sieht meist anders aus als in dieser Geschichte; wir können uns gut eine andere Szene vorstellen: Jeder der beiden Brüder liegt schlaflos, weil er Gründe sucht, weshalb er mehr bekommen müßte als der andere ...
»Ich habe einen Traum ...«, so begann jeder Abschnitt in der berühmt gewordenen Predigt von Martin Luther King, in der er die Vision einer Welt beschwor, die mit der Liebe ernst macht.
Wir selbst können anfangen zu träumen, wie es in unserer Welt aussähe, wenn die Menschen sich so verhielten wie die beiden Brüder.
Es wird ein Traum bleiben. Warum?
Könnten wir uns vorstellen, daß er einmal doch Wirklichkeit wird?

◆ *Zum Vergleich:* Die kleinen Leute von Swabedoo, GzW 239–242.

◆ *Bibelstellen:* Jes. 11,1–9; Matth. 6,2–4; 19,21 f; Luk. 12,13–21; Apg. 2,44 f.

# 116

Martin Buber, Wie der Sasower die Liebe lernte

◆ *Themen:* Liebe, Einfühlen, Anspruch

*Anmerkungen und Anregungen*

Wir können uns sowohl in dem einen wie dem anderen Bauern wiederfinden. Auffallend ist, daß der nach Liebe fragende Mann nicht auf die Frage nach seinem Befinden wartet – nein, er rechnet damit, daß echte Liebe von selbst spürt, was ihm fehlt. Eine übertriebene Forderung? Welche Einwände haben wir? Wir haben sie meist dann, wenn wir

uns gerade nicht in der Lage des bedrückten Bauern befinden.
Ergänzender Text:
»Liebe ist schwer. Liebhaben von Mensch zu Mensch, das ist vielleicht das Schwerste, was uns aufgegeben ist, das Äußerste, die letzte Probe und Prüfung, die Arbeit, für die alle andere Arbeit nur Vorbereitung ist« (Rainer Maria Rilke).
»Nur wer liebend aus dem Kreis des Ichs heraustritt zu einem Du, findet das Tor zum Geheimnis des Seins« (Gabriel Marcel).

◆ *Zum Vergleich:* Siegfried Lenz, Der seelische Ratgeber, GzN 183–187; O. Henry, Tildys kurzes Début, GzW 221–226.

## 117

Kurt Marti, Eine gute Ehe

◆ *Themen:* Liebe, Ehe, Partnerschaft, Selbständigkeit

*Anmerkungen und Anregungen*

Was ist eine gute Ehe? Wann wird Ehe oder Partnerschaft zum Gefängnis? Was bedeutet hier Freiheit? Was Treue? Ich frage mich, warum in dieser Ehe »nicht das geringste geschehen« ist. Was ist eigentlich »nicht geschehen«?
Jeder Mensch braucht seinen Freiraum, seine eigenen Entfaltungsmöglichkeiten. Gegenseitiges oder auch einseitiges Anklammern engt das Leben ein, schnürt es ab.
Loslassenkönnen hat mit Selbstwert und Selbstsicherheit zu tun.
Ich stelle mir vor, welche Persönlichkeitsstrukturen die Partner der von Marti charakterisierten Ehe haben ...
Gibt es Ehen, die ganz frei sind, von »Gefängnismauern«? Welcher Art können solche Mauern sein? Sind sie immer nur vom andern aufgerichtet?
Ergänzender Text:
»Nur wer den Mut hat, die Realität letztlichen Alleinseins und der Konflikthaftigkeit menschlicher Beziehungen anzunehmen, und nur der, der produktiv darauf reagiert, wird wenigstens zeitweise die Grenzen in einer Partnerschaft

überschreiten können. Er wird dann ein gewisses Maß an Geborgenheit und Harmonie erleben. Wer alles will, wird leer ausgehen« (Fritz Fischalek).
Anm.: Hier sind die Grenzen zwischen den beiden Partnern gemeint. Eine Realität, die der sich Anklammernde nicht wahrhaben will.

◆ *Zum Vergleich:* Arthur Schopenhauer, Die Stachelschweine, in diesem Band Nr. 106 mit ergänzendem Text; Der Liebescomputer, GzN 174; Marie Luise Kaschnitz, Wer kennt seinen Vater, GzW 194–200.

## 118

Ryunosuke Akutagawa, Der Tod eines Christen

◆ *Themen:* Liebe, Schuld, Opfer, Nachfolge

*Anmerkungen und Anregungen*

Zunächst wehrt sich etwas in mir gegen diese Geschichte. Sie erinnert mich stark an die sog. Erbauungsliteratur. Aber sie kann doch noch etwas anders gesehen werden.
1. Das Geschehen spielt sich in der Spannbreite zwischen tödlichem Haß und aufopfernder Liebe unter christlichen Glaubensgenossen in einer nichtchristlichen Umwelt ab. Aber nicht aus dieser Umwelt kommt für den Christen die Bedrohung.
2. Die selbstlose – absolut an Christus orientierte – Liebe Lorenzos wird der egoistischen Liebe des Mädchens gegenübergestellt. (Aber auch Lorenzo ist ein Mädchen.)
3. Das Schuldbekenntnis enthält einen Ansatz von Selbstrechtfertigung: Eine Liebe, die so sehr von sich selbst absieht, ist »übermenschlich«. Dieser Liebende kann kein gewöhnlicher Mensch sein. (Von mir als normalem Menschen kann man das also nicht verlangen.)
Die Pointe der Geschichte macht diesen Versuch zunichte.

◆ *Bibelstellen:* Matth. 16,24–26; Röm. 12,21; 1. Kor. 13,4 ff.

## 119

### Die dankbare Nachtigall

◆ *Themen:* Liebe, Verstehen, Vergebung, Einfühlen

*Anmerkungen und Anregungen*

Oft geht es uns wie dem Landmann und der Nachtigall: Wir wissen zu wenig von dem, was dem andern wichtig ist, ja, wir machen uns nicht einmal die Mühe, es zu erfahren, und verletzen, ohne es zu wollen. Wir haben »Verständnisschwierigkeiten« (auch gegenüber sehr nahestehenden Menschen). Im Märchen werden diese Schwierigkeiten auf wundersame Weise überwunden: die beiden können einander sagen, woran ihr Herz hängt und wo sie sich gegenseitig weh tun.
Uns fällt das häufig schwer. Warum eigentlich? Es kommt zu Mißverständnissen, Spannungen, Enttäuschungen, Ärger. Wo haben wir tatsächlich »Sprachschwierigkeiten«, obwohl wir die gleiche Sprache zu sprechen glauben?
Wir sind durch unsere Herkunft (Familie, Umwelt) verschieden geprägt (auch in der Bedeutung von Werten, Worten, »Botschaften« usw.) und müssen es erst lernen, den andern zu verstehen in dem, was er sagt und tut. Auch sind wir oft ungeübt im Reflektieren und im Benennen von Gefühlen.

◆ *Bibelstellen:* Joh. 8,23; Apg. 2,6–8.

# Dritter Teil
# AUF DER GRENZE ZUM NEULAND

# SINN

*Wir lesen die Welt verkehrt, wenn wir sagen,*
*daß sie uns täuscht*
*R. Tagore*

Wer nach dem Sinn von Leben und Welt fragt, tut das auf dem Hintergrund gemachter Erfahrungen und konkreter Lebensumstände. Die Sinnfrage wird von Menschen gestellt, die sich nach einer Veränderung ihrer Umgebung, einer Verbesserung ihrer Möglichkeiten sehnen (120), denen alles zu haben nicht das erhoffte Glück beschert hat (121), die Leid und Trauer tragen müssen (122, 123), oder vom Streß unserer Zivilisation gezeichnet sind (129, 130, 131).

Die Suche nach Antworten auf diese existentielle Grundfrage ist weder einfach noch bequem. Man wird enttäuscht, wenn man sie von wundertätigen Orten erwartet (124), man begegnet Menschen, die entmutigen (125). Sinnfindung ist wie alle Gestaltwahrnehmung ein vielschichtiger, dialektischer Vorgang, an dem der Wahrnehmende ebenso Anteil hat, wie das Wahrgenommene selbst: in der Welt ist Sinn, sofern im Menschen Sinn ist und umgekehrt (126). Sinn läßt sich finden, wie von Menschen zu lernen ist, die in aktiver, kreativer Auseinandersetzung mit sich und ihrem Schicksal zu überraschenden Existenzentwürfen gekommen sind (127). Nach ihm zu fragen ist belanglos oder zynisch, wo Menschen manipulierte, willenlose Opfer fremder Interessen und Ideologien geworden sind (128).

Wenn auch die abendländische Art zu leben noch nicht überall derartige sinnentleerte Formen angenommen hat, so deutet doch viel darauf hin, daß sie in eine Sackgasse geraten ist (129). Sie wird sich verändern müssen, soll eine sinnerfüllte Welterfahrung nicht zur Utopie werden (130, 131). Es kann sein, daß dazu für unser Denken recht ungewöhnliche Wege beschritten werden müssen (132).

*R. P.*

# 120

Bertolt Brecht, Märchen

◆ *Themen:* Sinn, Sehnsucht, Glück, Karriere, Besitz

*Anmerkungen und Anregungen*

Obwohl der Prinz nicht eigentlich unglücklich ist, zeigt sich doch in seinen Träumen, daß er seine Situation nicht als sinnvoll erlebt. Mehr Sinn glaubt er in einem Leben mit mehr Ansehen, Besitz und Macht zu finden. Diese Grundeinstellung teilt er gewiß mit manchen von uns. Sein Traum wird erfüllt, seine Erwartungen werden enttäuscht. Weder die Veränderung der Situation im allgemeinen, noch der Weg nach oben im besonderen haben eine Lösung in der Frage nach einem sinnvollen Leben gebracht. Aber doch eine Klärung dergestalt, daß Blume, Wiese und Himmel eine neue Bewertung erfahren.

Diskutieren Sie im Anschluß an die Geschichte in Gruppen folgende zwei Aussagen des römischen Philosophen Seneca (4 v.–65 n. Chr.):

- »Dieses ewige Hin und Her führt zu nichts. Du fragst, warum dir deine Flucht nichts hilft? Du nimmst dich selber mit.«
- »Eine große Sache ist nicht für nichts zu haben. Schätze ab, was du lieber willst: dich selbst aufgeben oder deine Ämter.«

◆ *Bibelstellen:* Vergleichen Sie dieses Märchen mit der neutestamentlichen Versuchungsgeschichte Matth. 4,1–11.

# 121

Maurice Sendak,
Es muß im Leben mehr als »alles« geben

◆ *Themen:* Sinn, Zufriedenheit, Besitz

*Anmerkungen und Anregungen*

Wie der Prinz der Geschichte vorher hat auch das Fabeltier Jenny alles: gute Versorgung, bequeme Umgebung, auch liebende Zuwendung. Obwohl (oder gerade weil?) seine Gesprächspartnerin, die Pflanze, über weniger Möglichkeiten verfügt, spricht aus ihren Worten Zufriedenheit, das Eins-Sein mit der gelebten Situation. Ihr Appell an das Tier, doch die eigene Lage anders wahrzunehmen und besser zu bewerten, hilft wie gewöhnlich nichts. Der Hunger des Tieres ist unstillbar. Er kostet der Pflanze das Leben. Die Umwelt ist das Opfer einer Kreatur, die aus einer Position des Habens und des Habenwollens heraus zerstörerisch handelt.

Fragen zur Geschichte:
- Wie ist das Verhalten Jennys und von Menschen, die ihr ähnlich sind, zu erklären?
- Kann ihr überhaupt geholfen werden?
- Sollte sie zuerst eine Entwicklung wie der Prinz der vorigen Geschichte durchmachen?

Lebensgeschichtliche Reflexion:
Kenne ich die Situation Jennys und der Pflanze aus eigener Erfahrung? Wo befinde ich mich jetzt? Wie würde ich reagieren, wenn Jenny mein Kind wäre?

◆ *Zum Vergleich:* Sehr empfohlen sei im Zusammenhang mit der Sinnfrage die Lektüre von Erich Fromms Buch »Haben oder Sein«, dtv-TB 1490.
◆ *Bibelstellen:* Lesen Sie zu dieser Geschichte Luk. 15,11 ff. Welche Antworten werden dort angedeutet?

## 122 · 123

Martin Buber, Das Leiden
Viktor E. Frankl, Sinn finden im Leid

◆ *Themen:* Sinn, Leiden, Opfer

*Anmerkungen und Anregungen*

Die Hauptpersonen beider Geschichten, der Rabbi und der Arzt *akzeptieren* ihr Leid, ohne es freilich wie gelähmt hinzunehmen. Dadurch, daß sie es *interpretieren,* ihm eine neue Bedeutung, einen Sinn verleihen, bleibt ihr Leiden nicht das, was es ursprünglich war. Es zerreißt nicht mehr die gute Gestalt von Beziehungsmustern eines Lebens, sondern bewirkt nur Veränderungen in ihnen, ohne sie zu zerstören. Leid darf nicht bleiben, was es ursprünglich ist. Hierin gleichen sich der Arzt und der Rabbi, bei aller Verschiedenheit der jeweiligen Situation. Beide *protestieren* so auf ihre Weise gegen die vernichtenden Schläge des Leids.

Diskutieren Sie in kleinen Gruppen, ob und wie der Rabbi und der Arzt ihr Leid akzeptieren, interpretieren und gegen es protestieren. Welche Haltung können Sie nachvollziehen, welche nicht?
Christentum und Buddhismus unterscheiden sich in ihrer Haltung gegenüber dem Leid. Vergleichen Sie die beiden folgenden Texte. Wie wird in ihnen Leid akzeptiert, interpretiert und ggf. protestiert?

- Der evangelische Theologe Christoph Blumhardt (1842–1919) schreibt:
  »Die Resignation, wie sie viele Christen glauben im Namen Gottes haben zu müssen unter der Last der Übel, ist nicht christlich. Ich bin deswegen nicht ganz einverstanden mit dem Spruch, den man Kranken oft ins Zimmer hängt: ›Ich muß leiden, ich kann leiden, ich darf leiden, ich will leiden.‹ Das ist nicht wahr – ich will nicht! das ist eine verzwungene Geschichte. Das hätte der Heiland nie gesagt, – er sagte nur: ›Ich ergebe mich‹, aber es ist ein stiller Protest darin.«
- Eine der bekanntesten buddhistischen Überlieferungen, die Parabel vom Senfkorn, sieht das Leid in einem wesentlich anderen Licht:
  Eine Mutter wendet sich in ihrem Schmerz um den gestorbenen Sohn hilfesuchend an Buddha. Buddha trägt ihr auf, in den Wohnungen der Stadt nach Senfkörnern zu suchen, die sie als Heilmittel gegen Leid und Tod gebrauchen könne. Wirksam seien allerdings nur jene Körner, die sie in Häusern finde, in denen noch niemand gestorben sei, weder Mensch noch Tier. Die Frau, die sich eilig und froh aufgemacht hatte, muß bald erkennen, daß es ein solches Haus nicht gibt. Der Tod war überall schon gewesen. Da erkennt sie, daß der Tod unausweichlich und ihre Trauer sinnlos ist. Nun fügt sie sich befriedeten

Herzens in das Unvermeidliche und übergibt ihren Sohn ohne Schmerz den Flammen.

◆ *Zum Vergleich:* Albert Camus, Die Pest (Roman), Rowohlt-TB 15; Viktor E. Frankl, Psychotherapie für jedermann, Herder-TB 384; Yorick Spiegel, Der Prozeß des Trauerns, München 1973.
◆ *Bibelstellen:* Röm. 8,20–23.

## 124 · 125 · 126

E. M. Cioran, Neugeburt
Franz Kafka, Gibs auf!
Johannes Kuhn, Welt und Mensch

◆ *Themen:* Sinn, Selbstfindung, Kommunikation, Veränderung

*Anmerkungen und Anregungen*

Die drei Geschichten thematisieren wie die beiden vorangegangenen in ihrer Weise noch einmal das Spannungsfeld Außenwelt-Innenwelt. Drei Thesen im Anschluß an die Geschichten:

- Wer eine Klärung seiner zentralen Fragen von einer bloßen Veränderung des Ortes, der Situation, der Verhältnisse erwartet (wie Gogol im ersten Text), wird enttäuscht werden. Flucht hilft nicht. Aber Veränderungen außen können Lösungen in uns erleichtern.
- In der leeren, kalten und unverständlichen Welt Kafkas, in der die Uhren verschieden gehen, und in der ich nur auf zynische Kommunikationspartner treffe, ist kein Sinn. Neue Sinnhorizonte eröffnen sich nur in echter Kommunikation.
- Das Kind der dritten Geschichte vollbringt eine Zeichenhandlung. Wenn es gelänge, dem Menschen (wie dem Polizisten in Kafkas Geschichte) eine menschliche psychische Struktur zu verleihen, bzw. wenn die Menschheit bereit wäre umzudenken, gäbe es auch Sinn und Zukunft in der Welt.

  Gleichzeitig gilt aber auch der andere Satz: Maßnahmen

zur Besserung des Zustandes der Welt bleiben nicht ohne Wirkung auf uns selbst.

Noch einmal sei hier auf E. Fromms Buch »Haben oder Sein« hingewiesen. Die Lektüre von Fromms Thesen, die sich auf die Veränderung von Mensch und Welt beziehen, wird Reflexionen und Gespräche über die angesprochene Thematik sehr bereichern.

## 127

H. L. Gee, Die Blumen des Blinden

◆ *Themen:* Sinn, Empfindung, Kommunikation

*Anmerkungen und Anregungen*

Drei Thesen zur Geschichte:
- Die Frage nach dem Sinn muß zuerst subjektiv, nicht objektiv und allgemeingültig beantwortet werden.
- Sinnfindung ist weniger eine Sache des Verstandes, sondern eine Sache des Empfindens.
- Eine positive Antwort auf die Sinnfrage findet nur, wer einen positiven zwischenmenschlichen Kontakt erlebt hat.

Diskutieren Sie in Gruppen über die obigen Thesen.
Lebensgeschichtliche Reflexion:
Überlegen Sie, wann Sie zum erstenmal nach dem Sinn des Lebens gefragt haben. Was fällt Ihnen spontan dazu ein? Welche Umstände haben zu dieser Frage geführt? Welche Menschen waren damals wichtig? Haben Sie Antworten gefunden? Vergleichen Sie die Situation von damals und heute.

◆ *Bibelstellen:* Matth. 6,25–34. Welche Aussagen enthält dieser Text zur Sinnfrage?

## 128

Bertolt Brecht, Der Zweckdiener

◆ *Themen:* Sinn, Interessen, Manipulation

*Anmerkungen und Anregungen*

Gewöhnlich stellen wir die Sinnfrage so: Wie kann ich für mich einen Sinn in meinem Leben entdecken? Brecht dreht die Fragerichtung um: Welche Sinngefüge werden uns von außen auferlegt, innerhalb welcher Zusammenhänge leben wir, möglicherweise ohne es zu wissen?
Nur scheinbar sind es Kinderfragen, die Herr K. stellt. In Wirklichkeit decken sie Beziehungen auf, die hinter Alltagshandlungen wie Essen, Musikmachen, Turnen zunächst nicht zu vermuten sind. Diese für sich genommen ganz unverdächtigen Tätigkeiten erhalten plötzlich einen geradezu martialischen »Sinn« durch das Interesse, dem sie dienen.

Lebensgeschichtliche Reflexion:
Innerhalb welcher Zusammenhänge, Beziehungsgeflechte, Sinngefüge spielte und spielt sich mein Leben ab? Welche kann ich akzeptieren, welche nicht? Aus welchen Gründen?
Stellen Sie in einer Gruppe an ausgewählte Berichte der Tagespresse Fragen von der Art, wie sie Herr K. stellt. Überlegen Sie, inwieweit sich Interessen, die die Gruppe hinter den berichteten Vorgängen und Handlungen vermutet, auch eindeutig nachweisen lassen.

◆ *Zum Vergleich:* Eine ›Anti-Zweckdiener-Geschichte‹ ist die von Armin Schibler, Der Mann ohne Fernsehen, GzW 285–287.
◆ *Bibelstellen:* Matth. 23. Welches Interesse verfolgt Jesus mit seiner Kritik der Pharisäer-Ideologie?

## 129 · 130 · 131

Franz Kafka, Kleine Fabel
Wladimir Lindenberg, Zeitgewinn
Was du tust, das tue ganz

◆ *Themen:* Sinn, Streß, Ausweglosigkeit, Zeit, Ziele

*Anmerkungen und Anregungen*

Im Mittelpunkt dieser drei Geschichten steht der gehetzte, immer aktive, aber sich selbst ausmanövrierende gestreßte

Mensch, für den und angesichts dessen sich die Frage nach dem Sinn menschlichen Tuns besonders dringlich stellt. Kafkas Parabel, eigentlich auf die menschliche Existenz als solche gemünzt, kann auch als Situations- und Charakterbeschreibung des gestreßten Menschen unserer Tage gelesen werden: um seine jeden Tag geringer werdenden Möglichkeiten voll auszuschöpfen, läuft er geradewegs auf die Falle der physischen Zerstörung zu, weil er nicht Gefahr laufen will, von einem Leben, das nicht sein Leben ist, aufgefressen zu werden.
Aus dem Blickwinkel östlicher Denktradition mutet diese westliche Lebensart, die sich noch im Geiz um Minuten äußert, unverständlich, sinnlos, ja lächerlich an (zweite Geschichte).
Der Zen-Mönch der dritten Geschichte erscheint im Kreis seiner rastlosen, am Haben orientierten westlichen Zeitgenossen wie ein Entwicklungshelfer, der in kleinen Schritten die Kunst des Sein-Könnens lehrt.

◆ *Zum Vergleich:* Victor Auburtin, Der allzeit tätige Mann, in diesem Band Nr. 26; Heinrich Böll, Anekdote zur Senkung der Arbeitsmoral, GzN 15 f; Erich Fromm, Haben oder Sein, dtv-TB 1490; Claudio Naranjo/Robert E. Ornstein, Psychologie der Meditation, Fischer-TB 1811.
◆ *Bibelstellen:* Vergleichen Sie mit diesen drei Geschichten das Gleichnis vom reichen Kornbauern, Luk. 12,16–21. Auf welcher Seite steht Jesus?

## 132

Tschuang-Tse, Die Perle

◆ *Themen:* Sinnfindung, Leben, Besitz, Wissen

*Anmerkungen und Anregungen*

Der gelbe Kaiser ist aktiv, bewegt sich, erklimmt einen Gipfel, kann auf viel herabsehen, das ihm gehört. Er verändert sich dadurch. Er verliert seine kostbarste Fähigkeit, den unmittelbaren Zugang zu den Dingen der Welt. Alle systematischen und intelligenten Versuche, diese Fähigkeit zurückzugewinnen, scheitern. Erst, als er eine schier aussichtslose, sinnlos passiv scheinende Alternative wählt, erreicht er sein Ziel.

Suchen Sie weitere Umschreibungen für das, was in der Geschichte durch die Perle symbolisiert wird.
Denken Sie sich statt des gelben Kaisers einen Menschen, stellvertretend für unsere westliche Zivilisation. Welche Gipfel hat er erklommen? Was hat er dadurch verloren? Welche Folgerungen sollte er im Sinne der Geschichte aus seiner Situation ziehen? Welches Verhältnis zwischen den vier Dienern des Kaisers wären für diesen westlichen Menschen wünschbar?

◆ *Bibelstellen:* Vergleichen Sie den Inhalt der Geschichte mit Matth. 4,1–11 und Luk. 17,33. Welche Parallelen und Unterschiede erkennen Sie?

# RELIGION

*Der vollkommene Atheismus steht auf der vorletzten Stufe zum vollkommenen Glauben*
*F. Dostojewski*

Ist es nicht vermessen, zum Thema »Religion« auf einer knappen Buchseite und mit ein paar kurzen Geschichten und Witzen etwas zu sagen? Wenn ich von Vermessenheit rede, denke ich dabei nur an eines der letzten deutschsprachig erschienenen Werke über Religion von Mircea Eliade »Geschichte der religiösen Ideen«.

Und doch: In Ehrfurcht vor dem Wissen, dem Einfühlungsvermögen und dem Fleiß von Eliade staune ich über die Aussagekraft von kurzen Texten, die zum kleinsten Teil wohl von berühmten Wissenschaftlern, sondern eher von Menschen aus dem Volk »gefunden« wurden.

Wie tiefe Einsichten in das Wesen der Religion geben doch die Texte 133 und 134. Sie reden von der den ganzen Menschen umfassenden Bedeutung recht verstandener Religion. Die Texte 135 und 136 zeigen demgegenüber in witziger Form die Entartung der Religion zu einer in menschlichen Geist gezwängten Wissenschaft.

Natürlich wird sich Religion immer zwischen den beiden Polen von reiner göttlicher Offenbarung und menschlichem System bewegen müssen (137). Man vergleiche hiermit Karl Barths Unterscheidung zwischen Glaube und Religion.

Die reine göttliche Wahrheit zu schauen, ist uns Menschen verwehrt (144; 1. Kor. 13,12). Ohne Traditionen kommen wir nicht aus (138). Diese entarten aber zu reiner Willkür (139, 140), wenn sie nicht immer wieder hinterfragt werden.

Darum sollten wir nie vergessen, daß Gott es noch einmal ganz anders meinen könnte als wir mit unseren besten Glaubensüberzeugungen, nicht zu reden von unseren kirchlichen Organisationsformen (141, 142).

Diese Einsicht sollte aus dem Wesen der Religion heraus zu einer Toleranz führen, die im innerchristlichen Bereich durch den Text 143 und im außerchristlichen Bereich durch die Geschichten 144 und 145 ausgedrückt wird.

*M. L.*

## 133

»Weltlich«

◆ *Themen:* Religion, Judentum, Theologie

*Anmerkungen und Anregungen*

Wer bestimmt, welche Dinge eine religiöse Dimension haben und welche nicht?
Wer bestimmt, welche Dinge die Kirche etwas angehen? (Problem Politik–Kirche)
Hat es Religion nicht mit dem Ganzen des Menschen und seiner Welt zu tun?

◆ *Zum Vergleich:* Nikos Kazantzakis, Die Blinden, GzN 102; Leo N. Tolstoi, Das Gottschauen, GzN 116 f.
◆ *Bibelstellen:* Matth. 6,24; 22,15–22; Luk. 9,57–62; Röm. 13,7.

## 134

H. L. Gee, Beim Gehen predigen

◆ *Themen:* Religion, Predigt, Glaube

*Anmerkungen und Anregungen*

Diese Episode erinnert mich an den Ausspruch von Nietzsche, wonach die Christen erlöster aussehen müßten, wenn sie ihn überzeugen wollten.
Wie weit stimmen bei mir Glaube und Leben überein?
Wie weit stimmt Beides in unserer Kirche zusammen?
Fordert Jesus von uns überhaupt diese konsequente Haltung oder dürfen wir auf seine Vergebung zählen?
Kann Franz von Assisi in dieser Beziehung für mich überhaupt ein Maßstab sein?

◆ *Zum Vergleich:* Dino Buzzati, Die Herausforderung des Zauberkünstlers, GzW 117–120; Werner Reiser, Vom Engel, der am Weihnachtsabend weinte, GzW 132–135; Werner Simpfendörfer, Haarschneiden in der Kirche, GzN 199.

◆ *Bibelstellen:* Jer. 27,2 und andere Zeichenhandlungen des Jeremia. Siehe auch die Bibelstellen zur vorhergehenden Geschichte.

# 135 · 136

Wilhelm von Scholz, Im Namen des Klerus
Wilhelm von Scholz, Dreieinigkeit

◆ *Themen:* Religion, Glaube, Theologie, Heiliger Geist, Lehramt

*Anmerkungen und Anregungen*

(135) Dieser Witz stellt die Frage nach der Vollmacht bei religiösen Aussagen.
Wie glaubwürdig ist die Berufung auf das Kruzifix, auf göttliche Stimmen, auf Visionen und Auditionen? Wovon hängt die Glaubwürdigkeit ab?
Die Frage der Lehrautorität von kirchlichen Führern ist angesprochen. Sind die Aussagen einer Gemeinschaft (z. B. Konzil) zuverlässiger als die einer Einzelperson?
Auch bei der Berufung auf die Bibel (Martin Luther) wird die Frage nicht einfacher, wenn ich konstatieren muß, daß ich mit verschiedenen Auslegungen zum gleichen Text konfrontiert werde.
Und wie steht es mit der Berufung auf den Heiligen Geist?
(136) Diese kleine Geschichte eignet sich als Einstieg in das Thema der Inquisition. Ich denke dabei nicht bloß an die Vergangenheit, sondern auch an die heutige, oft inquisitorische Intoleranz gegenüber Andersgläubigen.
Häufig geht leider konsequente »Rechtgläubigkeit« mit Intoleranz ein Bündnis ein.
Die Geschichte sagt mir: Das Wesentliche bei der Gotteserkenntnis sind nicht Lehrsätze.

◆ *Zum Vergleich:* Josef Reding, Nipfes visitiert ..., GzN 200–205; Ignazio Silone, Wir hatten gelogen, GzW 254–256.
◆ *Bibelstellen:* Matth. 7,15 ff; 12,23 ff; 21,23–27.

# 137

Salcia Landmann, Das Geschäft Gottes

◆ *Themen:* Religion, Kirche, Toleranz, Gott

*Anmerkungen und Anregungen*

Zum Thema Kirche oder Religionen kann dieser Witz ohne weitere Erläuterungen eingeflochten werden.
Es lohnt sich aber unter Umständen, die Tiefendimension sichtbar zu machen: Jede Kirche, auch unsere christliche, ist eine menschliche Institution und insofern von Gott selber immer noch so weit weg wie der Himmel von der Erde.
Können wir lächelnd akzeptieren, wie Juden da von unserer Kirche reden, so ist es wahrscheinlich um unsere Kirche noch gut bestellt.

◆ *Bibelstellen:* Matth. 6,5; 23,1–7.

# 138

Gotthold Ephraim Lessing,
Die Schiffbrüchigen und ihr Katechismus

◆ *Themen:* Religion, Tradition, Glaube

*Anmerkungen und Anregungen*

Traditionen haben zwei Seiten:
Sie geben einerseits einen Rahmen (Holzbrettchen), sie vermitteln Heimat und Geborgenheit.
Andererseits können sie eine Entfremdung des Menschen von einem authentischen, selbstverantworteten Leben und Glauben hervorrufen. (»Wir können zwar selbst nicht lesen . . .«)
Sehr schön zeigt die Parabel das Beharrungsvermögen von Traditionen.
Dazu ein Beispiel: In einer Dorfkirche sollen sich die Gläubigen nach dem Eintritt immer gegen die linke, weiß getünchte Wand verneigt haben. Niemand konnte die Bedeutung dieser Verneigung erklären, bis man bei einer Renova-

tion unter der Tünche mittelalterliche Heiligenbilder fand. Die Bilder waren längst verschwunden, aber die Verneigung blieb.

◆ *Zum Vergleich:* Theodore O. Wedel, Das Gleichnis von der unnütz gewordenen Rettungsstation, GzW 246 f.

## 139

Unsere Stammeseltern

◆ *Themen:* Religion, Glaube, Rassismus

*Anmerkungen und Anregungen*

Wie kommen solche Glaubensüberzeugungen zustande? Welche Rolle spielen da Schule und Religionsunterricht? Schwarze Christen malen Jesus schwarz. Ist das möglich gegenüber der historischen Tatsache?
Wie müßte eine Antwort auf diesen Leserbrief lauten?

◆ *Zum Vergleich:* Elfriede Becker, Das Kind in der Krippe, GzN 109 f.

## 140

H. L. Gee, Wer einen dieser Geringsten ausschließt ...

◆ *Themen:* Religion, Kirche, Christentum, Ideologie, Rassismus

*Anmerkungen und Anregungen*

»Was du einem dieser Geringsten nicht getan hast, hast du mir nicht getan.« Dieses Bibelwort ist hier konkretisiert: Wenn du einen Geringen ausschließt, schließt du mich aus.
Die feine Ironie des Farbigen dient dazu, die unchristliche Haltung der New Yorker Gemeinde bloßzulegen.
Die Geschichte eignet sich gut als Einstieg zur Diskussion über die Diskrepanz zwischen der Predigt Jesu und der Erscheinung christlicher Kirchen.

◆ *Zum Vergleich:* Kurt Marti, Der Fürst, GzN 194–197; Ernst Lange, Die Kerzen, GzN 197–199; Josef Reding, Sie nannten ihn Padrechico, GzW 247–253.
◆ *Bibelstellen:* Matth. 18,12–14; 25,31 ff; Luk. 15,1–7; 19,7.

## 141

H. L. Gee, Die vollkommene Kirche

◆ *Themen:* Religion, Kirche, Christentum

*Anmerkungen und Anregungen*

Mit einem Schlag macht diese Anekdote deutlich, daß »Kirche« aus der Gemeinschaft *aller* Gläubigen besteht.
Ein Urteil über Kirchen, aber auch über andere menschliche Gemeinschaften, kann nicht von einem absoluten Maßstab aus gefällt werden und auch nicht, indem man sich selbst ausnimmt.
Die Qualität einer Kirche mißt sich demnach auch nicht am Lebenswandel oder an der Überzeugungskraft ihrer Führer.
Welches sind aber die richtigen Kriterien zur Beurteilung einer Kirche?

◆ *Zum Vergleich:* Theodore O. Wedel, Das Gleichnis von der unnütz gewordenen Rettungsstation, GzW 246 f.
◆ *Bibelstellen:* Matth. 7,1–5; 1. Kor. 12,12 ff.

## 142

Augusto Monterroso, Der Glaube und die Berge

◆ *Themen:* Religion, Glaube

*Anmerkungen und Anregungen*

Schreibt Monterroso hier eine ironische Auslegung von Matth. 17,20: »Wenn ihr Glauben habt wie ein Senfkorn, werdet ihr zu diesem Berg sprechen: Hebe dich weg von hier dorthin; und er wird sich hinwegheben, und nichts wird euch unmöglich sein«?

Oder ironisiert er vielmehr den Kleinglauben von Christen?
Wo werden in der Kirche Berge versetzt? Wo verbreitet sich Glauben dermaßen, daß die Predigt Jesu diese Wirkung zeigt?
Der Text stellt eine interessante Behauptung auf: Der Glaube sei gefährlich. Inwiefern kann Glaube gefährlich sein?

◆ *Zum Vergleich:* Dino Buzzati, Die Herausforderung des Zauberkünstlers, GzW 117–120.
◆ *Bibelstellen:* Matth. 17,20; 1. Kor. 13,2.

## 143

Hansruedi Meier, Zwei Reiche

◆ *Themen:* Religion, Gottesreich, Glaube

*Anmerkungen und Anregungen*

Mache auch ich mir ein Bild vom Gottesreich, ein Bild, das meinem Leben entspricht?
Ist das Gottesreich das ganz Andere? Versteht Jesus das Gottesreich jenseitig oder als diesseitige Zukunft, in der sich Gottes Wille durchsetzen wird?
Was würde Jesus sagen, wenn er bei diesem Dialog dabei wäre?
Würde er einem der Beiden recht geben?
Mit welchem der beiden Männer kann ich mich eher identifizieren?
Ich fühle mich Beiden in gewissen Punkten nahe, dem Ersten bei seiner Hoffnung und dem Zweiten darin, daß ich das Leben liebe.

◆ *Zum Vergleich:* Josef Reding, Nipfes visitiert ..., GzN 200–205.
◆ *Bibelstellen:* Matth. 13,31 ff; 13,44 ff; 25,1–13; 1. Kor. 15,35 ff.

## 144

Gotthold Ephraim Lessing, Der Palast im Feuer

◆ *Themen:* Religion, Wahrheit, Tradition

*Anmerkungen und Anregungen*

Diese Parabel erinnert mich an eine Begebenheit vor dem Felsendom in Jerusalem. Ein jüdischer Führer hat für seine Reisegruppe von Christen Eintrittskarten gekauft und will in die Moschee gehen. Islamische Wächter verwehren der Gruppe aber unter einem Vorwand den Eintritt. Zwischen den Moslems und dem Juden entbrennt ein Streit; die Christen schauen zu.
Eine Parallele zu unserem Text finden wir in der Ring-Parabel in Lessings »Nathan der Weise«.
Die »reine« Religion, die göttliche Offenbarung ist uns verdeckt durch Traditionen, die vom Ursprung her in verschiedene Richtungen auseinanderstreben (vgl. Text Nr. 138 in diesem Kapitel).
Im Gegensatz zur Ring-Parabel gibt es hier aber noch einige wenige, die von der Wahrheit wissen. Die Frage läuft darauf hinaus, wie ein Mensch zu dieser Erkenntnis kommen kann. Durch Meditation, durch Gebet? Könnte der Palast auch Metapher für etwas anderes als für die Religion sein? Für den Staat, für die Wahrheit?

◆ *Zum Vergleich:* Leo N. Tolstoi, Das Gottschauen, GzN 116 f.

## 145

Gotthold Ephraim Lessing, Die Sperlinge

◆ *Themen:* Religion, Toleranz, Sekten, Kirche

*Anmerkungen und Anregungen*

Das Bild sagt mir: Eine Kirche soll Raum haben für viele verschiedene »Vögel«. Eine Kirche, die sich so »renoviert«, strenggläubig gibt, daß sie sich als die einzig wahre Kirche versteht, ist intolerant und ausschließlich.

Die Frage ist aber, ob die Schlupfwinkel aus wirklicher Toleranz oder aus taktischen Gründen gebaut werden.
Sind die vielen Sekten und Gruppierungen außerhalb der Kirche ein Zeugnis für die Enge unserer Kirchen?

◆ *Zum Vergleich:* Gerd Heinz-Mohr, Urteil im Gewitter, GzN 107–109; Kurt Marti, Der Fürst, GzN 194–197.
◆ *Bibelstellen:* Luk. 15,1–7 und 11–32.

# GERECHTIGKEIT

*Wenn die Gerechtigkeit untergeht, hat es keinen Wert mehr,*
*daß Menschen leben auf Erden*
*I. Kant*

Wir wünschen, daß es in unserer Welt gerecht zugeht. Doch was tun wir dafür? Gerechtigkeit kommt nicht von selbst, und dem Unbehagen gegenüber ungerechten Zuständen müssen konkrete Taten folgen (146). Meist beschränken wir uns jedoch darauf, Gerechtigkeit auf die Erfüllung bestimmter Normen zu reduzieren und darüber zu wachen, daß Gutes Belohnung und Böses Bestrafung nach sich zieht. Dabei setzen wir allerdings etwas Entscheidendes voraus: der Böse ist nämlich immer der andere – der Andersdenkende, Andersartige, Fremde. Auf ihn werden eigene verdrängte Schatten projiziert (147). Wir entwickeln viel Phantasie im Erfinden von Möglichkeiten der Klassifikation, um uns selbst ins bessere Licht rücken, uns privilegiert fühlen zu können (148). Diesen Hochmut kann man auch in den Kirchen antreffen (149, 150). Und manches vordergründig gutgemeinte Bemühen um mehr Gerechtigkeit erweist sich letzten Endes lediglich als eine Verlagerung der Ungerechtigkeit auf eine andere Ebene (151, 152).
Oft gelingt es sogar, durch geschickte Sophisterei, das Recht ins Gegenteil zu verkehren (153). Es ist nicht zu verwundern, wenn sich die ungerecht Behandelten schließlich ihr Recht selbst verschaffen (154).
Gerechtigkeit ist die Aufhebung von Klassifikationen, die Verzweiflung und Not, Feindschaft und Elend schaffen. Unser Bemühen darum wird vorläufig und unvollkommen bleiben. Die letzte Gerechtigkeit ist Gott vorbehalten. Sie kann nicht mit unseren Maßstäben gemessen werden, da Gott nicht in menschlichen Kategorien denkt (155).

*L. G.*

## 146

Wir verkaufen nur den Samen

◆ *Themen:* Gerechtigkeit, Engagement, Utopie

*Anmerkungen und Anregungen*

Ergänzender Text:
»Gegenwartsbestimmend wird die Gottesherrschaft aber auch dadurch, daß kraft des Verheißungswortes vom umfassenden Heil der Gottesherrschaft das Bestehende an dieser Verheißung wie an einem Leitbild gemessen und die tiefe Differenz, der krasse Unterschied spürbar werden kann zwischen dem Dasein, wie es eben ist und dem Dasein, wie es erhoffbar wurde. Dieses Messen der vorhandenen Zustände am Leitbild des verheißenen Heils ist mehr als ein folgenloses Vergleichen unter müden Seufzern über die Schlechtigkeit der Welt; es wird zur praktischen Kritik, die verändernd ins Bestehende eingreift« (Josef Schmitz).

◆ *Bibelstellen:* Hos. 10,12; Matth. 5,3–10 und 13–16.

## 147

Mord an einem Säugling

◆ *Themen:* Gerechtigkeit, Angst, Vorurteil, Haß

*Anmerkungen und Anregungen*

Warum trauen wir dem Fremden so leicht Schlechtes zu? Wir gestehen uns unsere irrealen Ängste und Unsicherheiten gegenüber dem Unvertrauten nicht ein, sondern versuchen sie in eine vermeintliche reale Bedrohung umzumünzen. Auf diese Weise meinen wir doch gute Gründe zu haben, weshalb wir das uns Fremde ablehnen. Das intensive Nachdenken über unsere Einstellung bleibt uns damit erspart.

◆ *Zum Vergleich:* Martin Eckert, Klassenkampf am stillen Örtchen, in diesem Band Nr. 148; Ursula Wölfel, Drei Straßen weiter, GzN 140–142; Detlef Marwig, Rein äußerlich, GzN 161 f; Christa Reinig, Skorpion, GzW 146; Arnim Juhre, Wir wohnen schon vierzig Jahre hier, GzW 180–184; Lore Graf, Schubladen, GzW 297–299; vgl. auch GzW Begleitbuch, 98.
◆ *Bibelstellen:* 5. Mose 5,8; Luk. 14, 7–11.

# 148

Martin Eckert, Klassenkampf am stillen Örtchen

◆ *Themen:* Gerechtigkeit, Vorurteil, Gruppe, Selbstwertgefühl

*Anmerkungen und Anregungen*

Es ist uns durchaus geläufig, die Menschheit in Gute und Böse, Gerechte und Ungerechte, Auserwählte und Verworfene, Wertvolle und Wertlose einzuteilen. Und dazwischen finden wir noch differenzierte Abstufungen. Das ganze dient der mühsamen Stützung unseres Selbstbewußtseins. Denn »selbst der auf der untersten sozialen Stufe der Eigengruppe Stehende kann so ein Überlegenheits- und damit Selbstwertgefühl gegenüber Mitgliedern anderer Gruppen entwickeln« (GzN, Lehrerhandbuch, 107).

◆ *Zum Vergleich:* Ergänzender Text zu Nr. 147.
◆ *Bibelstellen:* Matth. 5,20; Luk. 11,39 f.

# 149 · 150

Rassenhaß sprengt Trauerfeier
Josef Reding, Fegen erlaubt

◆ *Themen:* Gerechtigkeit, Rassismus, Gleichberechtigung

*Anmerkungen und Anregungen*

Ergänzender Text:
»Weiße Kirchenleitungen verhindern den gleichberechtigten Zusammenschluß von schwarzen und weißen Kirchen gleicher Konfessionen: die Niederländisch Reformierte Kirche ist gegliedert in Mutterkirche (für Weiße) und Tochterkirchen (für Farbige und Schwarze); die ›weißen‹ lutherischen Kirchen in Namibia, die eng mit der Evang. Kirche in (West-)Deutschland (EKD) verbunden sind, weigern sich, mit den ›schwarzen‹ luther. Kirchen zusammenzugehen« (B. u. W. Wartenberg).
»Wir sind Mitglieder zweiter Klasse in unserer eigenen Kirche« (Sekihane, ein schwarzer Theologe).

Die burischen Kirchen begründen ihr Eintreten für die Rassentrennung mit ihrem eigenen Erwählungs- und Sendungsbewußtsein. Was ist Erwählung?
Wir sind von diesem Problem nicht so hautnah betroffen. Was können wir trotzdem dazu tun, daß sich diese dem Evangelium zuwiderlaufende Einstellung ändert?
Wo gibt es in unseren Kirchen und Gemeinden Abgrenzungen gegenüber bestimmten Gruppen? Aus welchen Gründen?

◆ *Zum Vergleich:* Elfriede Becker, Das Kind in der Krippe, GzN 109 f; Heinz Rein, Freundschaft mit Hamilton, GzN 155–157; Josef Reding, Auf ziseliertem Silber, GzW 279–283.
◆ *Bibelstellen:* 3. Mose 19,18; Matth. 5,20; Luk. 14,7–11; 18,9–14; Apg. 10,34 f; Röm. 10,12; 1. Kor. 12,13; Gal. 3,28.

## 151

Günter Müller, Die ungleichen Kinder

◆ *Themen:* Gerechtigkeit, Entwicklungshilfe, Rassismus

*Anmerkungen und Anregungen*

Hier zielt die Hilfe nicht auf gleichrangige Partnerschaft. Der Abstand wird weiterhin gewahrt, indem man die Farbigen benützt, entweder als Schauobjekte oder als Kräfte für niedere Dienste. In beiden Positionen können sie für die Weißen nicht zu Rivalen im Alltag werden. Außerdem werden direkte Berührungspunkte vermieden, und damit bleibt alles im Grund beim alten.
Ein farbiger Olympiasieger sagte: »Wenn wir siegen, sind wir Amerikaner, wenn wir negativ auffallen, sind wir Neger.«
Warum finden wir ein Bild in Ordnung, auf dem man sieht, wie ein Schwarzer einen Weißen auf dem Rücken durch den Fluß trägt? Würden wir es genauso selbstverständlich nehmen, wenn die Situation umgekehrt wäre?

◆ *Bibelstellen:* vgl. die Angaben zu Nr. 149/150.

## 152

Rassenschranken

◆ *Themen:* Gerechtigkeit, Rassismus, Zynismus

*Anmerkungen und Anregungen*

Diese Firma hebt scheinbar Rassenschranken auf. In Wirklichkeit werden diese Schranken durch die »Großzügigkeit« besonders deutlich: Welcher Schwarze in Südafrika kann sich ein teures Auto leisten? Und zu allen Anlagen des Klubs hat er nicht selbstverständlich Zutritt.
Ähnlich zynisch wirkt die Tatsache, daß Schwarze zwar beileibe nicht zu allen, aber zu besonders exklusiven (und damit teuren) Restaurants neuerdings Zutritt haben. Wen wundert es, daß man dort trotzdem kaum einen Farbigen sieht?

## 153

Jan Lemańsky, Der vergesellschaftete Wolf

◆ *Themen:* Gerechtigkeit, Besitz, Selbstsucht

*Anmerkungen und Anregungen*

Der Mensch hat die Gaben seines Geistes nicht dazu benützt, um eine bessere, gerechtere Welt zu schaffen, sondern um sich jeweils auf Kosten der andern zu bereichern, etwas für sich selbst auf die Seite zu schaffen. Dabei strengt er sich an, die Übervorteilten und auch sich selbst von der Lauterkeit und Rechtmäßigkeit seines Tuns zu überzeugen.
Das erleben wir im Kleinen wie im Großen, bei einzelnen wie bei Gruppen, bei Völkern und Systemen.
Warum ist das so? Es ginge doch auch anders, denn genug ist für alle da.
Wie sieht meine »Speckseite« aus? Gegen wen verteidige ich sie? Mit welchen Argumenten? Halte ich sie selbst für stichhaltig? Warum?

◆ *Zum Vergleich:* B. Traven, Der Großindustrielle, GzN 213–217; Josef Reding, Aufenthalt in Dum-Dum, GzN 218–221.
◆ *Bibelstellen:* Am. 5,6–15; Luk. 12,15–20; 1. Kor. 7,31.

## 154

Jairo Aníbal Niño, Der gestiefelte Kater

◆ *Themen:* Gerechtigkeit, Freiheit, Besitz

*Anmerkungen und Anregungen*

Das Märchen vom gestiefelten Kater hat unversehens einen anderen Schluß bekommen: die Zeit ist vorbei, daß Bauern und Handwerker nur für den Profit und das Wohlleben der Reichen arbeiteten. – Oder stimmt das doch nicht ganz? Vor dem lateinamerikanischen Hintergrund, aus dem diese Fassung stammt, liest sich das anders. Und hören wir nicht aus manchen anderen Ländern Berichte, in denen es mit der Freiheit des Bürgers noch immer oder neuerdings wieder nicht weit her ist?
Wie steht es damit bei uns?

◆ *Zum Vergleich:* Josef Reding, Ordentlich auf Null ..., GzW 159–164.
◆ *Bibelstellen:* Matth. 5,40; Apg. 4,32–37.

## 155

Leszek Kolakowski, Gott oder die Güte ist relativ

◆ *Themen:* Gerechtigkeit, Barmherzigkeit, Gott

*Anmerkungen und Anregungen*

Die Menschen haben von jeher versucht, Gottes Gerechtigkeit und Barmherzigkeit an den eigenen Vorstellungen zu messen. Das viel zitierte Beispiel von den feindlich sich gegenüberstehenden Heeren, die jedes um den eigenen Sieg beten, zielt auf die Frage: Wem soll Gott helfen? Wie denkt der Verlierer über Gottes Gerechtigkeit?

Aber die Frage ist falsch gestellt, weil sie von menschlichen Maßstäben ausgeht. Sieg und Erfolg sind nicht Beweis für einseitige Liebe Gottes. Wenn wir alle seine Geschöpfe sind, stehen wir ihm auch alle gleich nahe. Seine Gerechtigkeit bedeutet nicht »für« oder »gegen« jemanden sein, sondern ausrichten, recht machen, ins Lot bringen. Die Freiheit menschlichen Handelns, auch gegen den Willen Gottes (z. B. gegeneinander Krieg führen), steht dazu nicht im Widerspruch.

»Als beim Durchgang durch das Rote Meer die ägyptischen Truppen von den Fluten verschlungen wurden, da wollten die Engel, die Gottes Thron umstanden, ein Loblied anstimmen. Aber der Herr sprach zu ihnen: Meine Geschöpfe versinken im Meer, und ihr wollt jubeln?« (Talmud)

◆ *Bibelstellen:* 1. Mose 4,3–16; Jes. 25,1.

# FRIEDEN

*Frieden ist keine Windstille zwischen zwei Kriegen*
*H. Spaemann*

Der Friede ist umstritten. Dieser Satz tönt nur für den paradox, der meint, der Friede sei ein Zustand der Harmonie, da gebe es keine Meinungsverschiedenheiten und Auseinandersetzungen.

Dabei führt gerade diese idealistische Vorstellung einer spannungslosen Harmonie zum Unfrieden. Gleichschaltung aller Andersdenkenden bis hin zur Ausschaltung ist dann die logische Konsequenz. Bewußtes Akzeptieren von Verschiedenheiten im individuellen wie im gesellschaftlichen Bereich bedeutet dagegen eher Friedensförderung. Natürlich entsteht dann die Frage, wo die Grenzen der Nachsicht und Toleranz verlaufen.

Aber gibt es überhaupt solche Grenzen, wenn ich mich auf den einzelnen Menschen einlasse (156, 157) und nicht auf Verallgemeinerungen und Vorurteile fixiert bin?

So müßte der Friede im Kleinen beginnen. Ich leiste Friedensarbeit mit konkreten persönlichen Entscheidungen (158) und mit kleinen Schritten (159, 160) und nicht mit der Verbreitung und Durchsetzung einer Friedensideologie (161). Jede Ideologie verliert den Menschen aus dem Auge (157) und hat die Tendenz in sich, verurteilend zu wirken.

Diese Erkenntnis entspricht genau der Lehre Jesu, der in seiner Verkündigung alle Auseinandersetzungen immer wieder auf die Beziehungen zwischen den einzelnen Menschen zurückführt und konkrete persönliche Entscheidungen fordert. Der bloße Verzicht auf Gewalt genügt aber nicht. Abwesenheit von physischer Gewalt bedeutet noch lange nicht, daß Friede herrscht (162, 163).

In der Diskussion um die *Aggression* scheint mir die Alternative – angeboren oder nicht angeboren – angesichts der Lernfähigkeit des Menschen falsch oder für die Praxis zumindest unergiebig zu sein (164).

Denken wir an die heute mögliche Vernichtung der Erde im Kriegsfall, so kommt doch alles darauf an, alle Kräfte und alle Phantasie (160) einzusetzen, um Frieden zu fördern, ungeachtet der Annahme, ob die Aggression angeboren sei oder nicht.
Die dringendste Aufgabe für uns scheint mir zu sein, den Krieg zu verhindern. Krieg, vor allem einen Angriffskrieg mit einer ganzen Nation zu führen, ist ja auch nur mit dem gezielten Aufbau von Vorurteilen und Feindbildern möglich. Deshalb ist auch im Blick auf eine Kriegsverhinderung die wichtigste Aufgabe die Konfrontation mit dem andern Menschen (156). Das vermindert die Bereitschaft, loszuschlagen. Untersuchungen haben einmal ergeben, daß es für die meisten Menschen immer schwerer wird, einen Menschen zu töten, je näher man ihm gegenübersteht.

*M. L.*

# 156 · 157

Salcia Landmann, Vor der Schlacht
Wolfgang Borchert, Bedingungen zum Sieg

◆ *Themen:* Frieden, Krieg, Menschsein

*Anmerkungen und Anregungen*

Ist Krieg nur möglich, indem man »un-menschlich« und verallgemeinernd den Feind, das gegnerische Volk als eine Sache darstellt, die es zu bekämpfen gilt?
Wäre Krieg nicht mehr machbar, wenn sich der einzelne Kämpfer klar machen würde, daß er mit seinem Einsatz Menschen, Familienväter, Söhne, Kinder, Frauen tötet?
Müssen sich Generale schützen, indem sie möglichst verdrängen, daß ein Toter ein toter Mensch ist?
Hat ein Mensch in Friedenszeiten mehr Wert, wenn man die Bemühungen um ein Menschenleben in einer Intensivstation mit der Mentalität dieser beiden Texte vergleicht?
Im Falkland-Krieg zwischen England und Argentinien (1982) sollen beiderseits verwundete Gegner aus Mitleid erschossen worden sein.

◆ *Zum Vergleich:* Josef Reding, Schonzeit für Pappkameraden, GzN 248–252; Heinrich Böll, Mein teures Bein, GzW 293–295.
◆ *Bibelstellen:* Matth. 25,40b.

## 158

Harald Pawlowski, Steuerverweigerung

◆ *Themen:* Frieden, Krieg, Verteidigung

*Anmerkungen und Anregungen*

Wer ist für den Krieg?
Kaum einer in einer Klasse oder Gruppe wird diese Frage mit ja beantworten.
Was bin ich aber bereit, konkret gegen den Krieg zu tun?
Was würde geschehen, wenn alle Menschen, die keinen Krieg wünschen, die gleiche radikale Folgerung ziehen würden wie der Erzbischof Hunthausen?
»Stell dir vor, sie befehlen den Krieg und keiner ginge hin.«
Gibt es einen gerechten Krieg?
Welche konkreten Schritte könnten helfen, die Kriegsgefahr zu vermindern?

◆ *Zum Vergleich:* Josef Reding, Schonzeit für Pappkameraden, GzN 248–252; Slawomir Mrozek, Das Haus an der Grenze, GzW 290–293.
◆ *Bibelstellen:* Jes. 9,2–7; Matth. 26,36–46.

## 159

Ludolf Ulrich, Lieben Sie Ihre Frau?

◆ *Themen:* Frieden, Ehe, Familie, Phantasie

*Anmerkungen und Anregungen*

In welchem Zustand befindet sich diese Ehe? Sie scheint noch nicht zerrüttet zu sein, sonst würde der Rückgriff auf die Liebe kaum mehr diese Wirkung zeigen.

Jedenfalls wird an dieser Geschichte ein wichtiges Element für einen Schritt zum Frieden aufgezeigt, das in individuellen wie in gesellschaftlichen Zusammenhängen gilt: Phantasie und Spontaneität.

◆ *Zum Vergleich:* Werner Bergengruen, Das Netz, GzW 170–177; Gerd Heinz-Mohr, Das Gleichnis vom verlorenen Vater, GzW 201.

## 160

Jong Wha-Park, Die Rechnung geht auf

◆ *Themen:* Frieden, Gerechtigkeit

*Anmerkungen und Anregungen*

Das Beispiel scheint konstruiert zu sein.
Aber immerhin zeigt es, wie verblüffend gerecht und zufriedenstellend Konfliktlösungen sein können, wenn nur genügend Phantasie dafür aufgewendet wird.
Zu beachten ist, daß der Problemlöser etwas von sich hergibt. Das gilt wahrscheinlich für jede echte Hilfe: Man muß etwas von sich hergeben, dann beginnen verhärtete Beziehungen aufzuweichen. Am Schluß gewinnt dabei auch noch der Spender, oder in der Realität derjenige, der in Konflikten vermitteln kann. Ein Sprichwort aus Rußland sagt: »Selbst wenn du dabei verlierst – rette deinen Nächsten.«

◆ *Zum Vergleich:* Armin Kraft, Der Löwenanteil, GzW 285; Roger Moser, Selig die Zärtlichen, Luzern 1981.
◆ *Bibelstellen:* Matth. 10,16; 16,25.

## 161

James Thurber, Der Tiger, der König sein wollte

◆ *Themen:* Frieden, Gewalt, Krieg, Narzißmus, Ideologie

*Anmerkungen und Anregungen*

Läßt sich diese Fabel auf heutige Konflikte übertragen? Auf

Ost-West-Konflikt; Nord-Süd-Gefälle; die Auseinandersetzungen im Islam, in Irland?
Der Schluß der Geschichte erinnert an das Ende Hitlers, könnte aber auch eine schreckliche Vision vom Ende eines Atomkrieges sein.
Welches sind die Motive eines Menschen, der für seine Machtentfaltung Kriege entfachen kann?

◆ *Zum Vergleich:* Gerhard Zwerenz, Nicht alles gefallen lassen ... GzN 244 f; Armin Kraft, Der Löwenanteil, GzW 285.

## 162

H. L. Gee, Argumente

◆ *Themen:* Frieden, Gewalt, Krieg

*Anmerkungen und Anregungen*

Der Text sagt: Wenn sich einer mit physischer Gewalt durchsetzen muß, ist das immer ein Schwächezeichen.
Gibt es aber nicht auch Gewalt, die auf Worten und Argumenten beruht?
Die Geschichte zielt auf Vermeidung von physischer Gewalt aufgrund vernünftiger Einsicht. Inwiefern ist dies mit dem Liebesgebot Jesu zu vergleichen? Mit der in diesem Text dargestellten Philosophie ist noch lange nicht die Auffassung, daß das Recht des Stärkeren gilt, in Frage gestellt. Der Stärkere ist hier bloß nicht der plump mit körperlicher Gewalt reagierende, sondern vielleicht der intelligentere Mensch. Im gesellschaftlichen Bereich stellt sich folgende Frage: Ist Krieg nur dort, wo Waffen sprechen (kalter Krieg)?

◆ *Zum Vergleich:* James Thurber, Die Kaninchen, die an allem schuld waren, in diesem Band Nr. 46; Josef Reding, Schonzeit für Pappkameraden, GzN 248–252; Armin Schibler, Der Mann ohne Fernsehen, GzW 285–287.
◆ *Bibelstellen:* Luk. 11,37–46.

# 163

Sonne und Wind

◆ *Themen:* Frieden, Gewalt, Liebe

*Anmerkungen und Anregungen*

Fabeln lassen in mir oft einen bittern Nachgeschmack zurück. Auch diese Fabel ist zunächst süß zu kosten. Sie geht wunderbar auf. Sie ist logisch, fast naturhaft konsequent in der Folgerung. Es fehlt nur noch, daß sich die Realität daran hält.

Und damit beginnt der bittere Nachgeschmack. Ich mache Erfahrungen, die der Weisheit dieser Fabel widersprechen. Rings um mich herum, im Geschäftsleben, im Straßenverkehr, in der Schule erlebe ich, daß mit Gewalt mehr erreicht wird. Mit mir selbst mache ich dieselbe Erfahrung, im Umgang mit meinem Partner, mit meinen Kindern, mit meinen Vorgesetzten und Untergebenen.

Soll die Fabel einfach ein Ziel formulieren, nach dem ich mich auszustrecken hätte? Aber kann mich die Fabel wirklich überzeugen, daß mit Sanftheit mehr zu erreichen ist als mit Gewalt?

Ich glaube daran, daß die Liebe stärker ist als die Gewalt. Die Fabel kann mir für dieses Wissen zu einem schönen Bild werden.

Ja, dafür eignet sich die Fabel gut: als Bild in einer Rede, in einer Predigt oder in einer Unterrichtsstunde; als Bild für meinen Glauben an die Stärke der Liebe. Bilder gehen tiefer als das abstrakte Beschreiben meines Glaubens.

◆ *Zum Vergleich:* Kurt Kusenberg, Ein verächtlicher Blick, GzN 238–241; Gerhard Zwerenz, Nicht alles gefallen lassen . . ., GzN 244 f.

◆ *Bibelstellen:* Matth. 5,38–42; 18,21–35.

# 164

Josef Müller-Marein, Ko-Existenzen

◆ *Themen:* Frieden, Aggression

*Anmerkungen und Anregungen*

Ähnliche Geschichten kann man immer wieder in Illustrierten nachlesen. Dort findet man auch Bildmaterial.
Solche Geschichten sind bestimmt kein Beweis gegen die Theorie von Konrad Lorenz, nach der die Aggression angeboren sei. Nichts wird nämlich darüber ausgesagt, was z. B. zwei Wölfe miteinander tun würden, wenn sie zusammen mit einem Schaf eingesperrt wären. Aber immerhin: Die Beispiele zeigen, daß sich Tiere ganz verschiedener Art aneinander gewöhnen können. Warum sollte das nicht auch bei Menschen verschiedener Art und Rassen möglich sein?
Unser Bericht kann als Einstieg in eine Diskussion über die Aggression dienen, nicht aber als Beweis für die eine oder andere Theorie.

◆ *Zum Vergleich:* Konrad Lorenz, Das sogenannte Böse, dtv-TB 1000; Erich Fromm, Anatomie der menschlichen Destruktivität, Stuttgart 1974.
◆ *Bibelstellen:* Jes. 11,1–10.

# MENSCHSEIN

*Ein tiefer Abgrund ist der Mensch*
*Augustinus*

Was macht den Menschen zum Menschen? Die nächstliegende, herkömmliche Antwort zielt auf den grundlegenden Unterschied von der Tierwelt ab. Indessen ist gerade die Spannung bedeutsam, in der beide Seiten aufeinander bezogen geblieben sind (165). Mit dem Entsetzen über die Verödung der ausgebeuteten Natur paart sich gegenwärtig eine neue Verstehensbereitschaft für das, was die biblische Überlieferung vom Schöpfungszusammenhang sagen will. Zur Erhaltung von Gottes guter Schöpfung und menschlicher Gemeinschaft haben sich seit alters bestimmte Gebote und Verpflichtungsrituale herausgebildet. Und damit sind wir beim zweiten Blickpunkt: dem »guten«, dem »anständigen Menschen« als Inbild von Bürgertugenden, deren Verfall und Perversion wir heute erleben (166, 167). In Wohnvierteln und Gesellschaftskreisen, wo gute Sitten und gepflegte Kultur obenan stehen, wuchert bereits der Krebs einer sanften Unmenschlichkeit (168). Ist der Unterschied so groß, wenn andernorts das Menschenrecht der freien Meinungsäußerung nicht gilt (169)? Wobei offen bleibt, wieweit die mundtot gemachten »schwarzen Schafe« von heute irgendwann einmal zu Denkmalsfiguren erhoben werden (170).

Ein weiterer Aspekt sind die Spielarten der Mitmenschlichkeit, wie sie angesichts der aufwühlenden Nachrichten vom unsäglichen Leid durch Katastrophen und politische Unterdrückung zutage treten. Was verbirgt sich hinter der Neugierde des Publikums (171), und wie schnell werden Blut und Tränen zum Unterhaltungsangebot (172)?

Ein abschließender Frageansatz: Wann ist ein Mensch am Ende? Das Scheitern eines Lebensplans wirkt hoffnungslos, bestünde nicht die Möglichkeit, daß sich im Durchstehen der Krise ein neuer Anfang eröffnet (173). So erfahren wir unser Menschsein gerade im Wahrnehmen unserer Schwäche und Verletzlichkeit, um letzten Endes ganz und gar auf die Zuwendung anderer Leute angewiesen zu sein, so daß uns hoffentlich ein menschenwürdiges Sterben vergönnt ist (174, 175).

*U. K.*

## 165

Christian Morgenstern, Das Vermächtnis

◆ *Themen:* Menschsein, Schöpfung, Umweltschutz

*Anmerkungen und Anregungen*

Alle solche Redewendungen sind uns geläufig: »Homo hominis lupus« (Der Mensch ist des Menschen Wolf), »Seid klug wie die Schlangen und ohne Falsch wie die Tauben«, »So ein Windhund«, »geschmeidig wie eine Katze«, »ein Mann mit Bärenkräften«. So ist den Menschen die Tierwelt zu negativen wie positiven Vergleichen über lange Zeiten nahe geblieben, und unsere Länderwappen mit Adler, Bär oder Löwe erinnern noch von ferne daran, welche verstärkte Macht man einst der Tiergestalt als Totemzeichen zugemessen hatte.

Davon sind wir heutzutage in unserem Lebensgefühl weiter entfernt denn je, da bei der fortgeschrittenen Urbanisierung das Tier nur noch als Schlachtvieh oder als Assessoire eine Rolle spielt und die völlige Entfernung nicht daran denken läßt, wieviel junge Robben für das Angebot an Pelzmänteln erschlagen werden müssen. Die Frage ist, wieweit gerade christliches Dogmendenken solcher Entfremdung Vorschub geleistet hat mit der Devise »Macht euch die Erde untertan!« und dem eifrigen Widerstand gegen Darwins Entwicklungslehre, mit dem auf die Bibel pochend der Abstand des Menschen als Gipfel der Schöpfung gegenüber aller anderen Kreatur behauptet wurde.

Heutzutage können wir diese »Tierfabel« von Christian Morgenstern wohl weit aufgeschlossener lesen als im Jahr 1914, als sie erstmals veröffentlicht wurde, ja – wir können sie wohl unbeschwert im Zusammenhang mit der biblischen Schöpfungsgeschichte in die Hand nehmen, wie es der Verfasser sicher nahelegen wollte. Gerade auch das

neue Verantwortungsgefühl für die weithin bedrohte Umwelt hat uns sicher dazu sensibilisiert.
Ergänzender Text:
»Wenn einer sich wie ein Vieh benommen hat, sagt er: Man ist doch auch nur ein Mensch! Wenn er aber wie ein Vieh behandelt wird, sagt er: Man ist doch auch ein Mensch!« (Karl Kraus)

◆ *Zum Vergleich:* Alfred Andersch, Grausiges Erlebnis, GzW 74–79; Theodor Weißenborn, Die Welt im Haigerloh, GzW 147–151.
◆ *Bibelstellen:* 1. Mose 1,20–31; Ps. 8; 148.

## 166

Manfred Schwarz, Vereidigung

◆ *Themen:* Menschsein, Eid, Rituale

*Anmerkungen und Anregungen*

Jede Gesellschaft bildet im Lauf der Zeit gerade für Vollzüge, die zu ihrem Bestand lebenswichtig sind, gewisse Rituale aus. Vieles davon ist für uns heute zum historischen Anschauungsmaterial geworden; die Vereidigung stellt neben dem Versprechen von Taufpaten und Brautpaaren noch so ein Relikt aus früheren Zeiten dar, bei dem die Verpflichtung zu eigener Rechtschaffenheit mit der Berufung auf die höchste Instanz, nämlich die des Weltenrichters, verknüpft erscheint. So ist noch heute bei Gericht, bei Aufnahme in den Beamtenstand und bei der Amtsübernahme von Führungskräften des Staates der Eid unumgänglich. Doch da beides, die Verpflichtung vor Gott und vor den Mitmenschen zu untadeligem Verhalten, allzu oft und geradezu unverschämt ins Gegenteil verkehrt worden ist, fragt sich, ob solche Formalität überhaupt noch allseits ernst genommen wird und mit ihrer Formelhaftigkeit bereits ein solches ernsthaftes Versprechen, wie es der Verfasser dieses Textes benennt, bequem zu umgehen ist. Oder sollten wir uns vernünftigerweise auf Lenins Maxime einlassen: Ehrlichkeit ist gut, Kontrolle ist besser?

◆ *Bibelstellen:* Sir. 23,9; Matth. 5,34; Jak. 5,12.

## 167

Karl Kraus, Beruhigung

◆ *Themen:* Menschsein, bürgerliche Tugenden, doppelte Moral

*Anmerkungen und Anregungen*

Bürgertum – das war einmal Fortschritt, Gewinn fürs Menschsein, der seit der Französischen Revolution einer breiten Bevölkerungsschicht zugute kam. Fleiß, Frömmigkeit, Verantwortungsbewußtsein und anständiger Lebenswandel galten als bürgerliche Tugenden. Eigenartig nur, daß sich hierbei, verglichen mit den Zehn Geboten, im Lauf der Zeit ein eigenes Moralsystem entwickelt hat, dem zufolge sexuelle Freizügigkeit als »unanständig« gilt und Anstoß erregt, während Geschäftstüchtigkeit, auch wo sie mit allen Finessen der Steuerhinterziehung und aller Rücksichtslosigkeit gegenüber abhängigen Menschen am Werke ist, immer noch vom bürgerlichen Ansehen zehrt. Die Schweizer Bankdirektoren, die auch ihren dubiosesten Kunden strikte Geheimhaltung im Blick auf ihre Konten zusichern, pochen eben darum auf ihre weiße Weste – ein Beispiel dafür, wie protestantisch-bürgerliches Moralbewußtsein pervertieren kann.
Doch schweifen wir nicht zu sehr mit den Schweizer Banken ab: Wo trifft uns die Frage nach der doppelten Moral? Und wie gehen wir damit um?

◆ *Zum Vergleich:* Fritz Zorn, Hier ist alles ruhig, in diesem Band Nr. 168; Wir sind anständige Leute, GzN 67 f.

## 168

Fritz Zorn, Hier ist alles ruhig

◆ *Themen:* Menschsein, Ruhe, Gemeinwesen, Familie

*Anmerkungen und Anregungen*

Die Schilderung des großbürgerlichen Wohnviertels ist für mich ein peinigendes Bild geworden für die unbedachte

Kinderfeindschaft dieser Bewohner, denen wohl ein ungewöhnliches Maß an Besitz und Vermögen, aber kein entsprechendes Verantwortungsgefühl für das Gemeinwesen und für dessen zukünftiges Wachstum zugekommen ist.
Aber der Verfasser, der zu seinen Aufzeichnungen durch die Erkenntnis seiner Krebserkrankung gekommen war, vertieft seine Wahrnehmungen, die zunächst den Nachbarn im Wohnviertel gelten, zu Lebenseinstellungen hin, die in der eigenen Familie eine bestimmende – und verderbliche – Rolle gespielt haben. Die »Tugend der Ruhe« als Verhängnis, das sich hinter dem ersten befriedigenden Augenschein tödlich entwickelt, das ist eine unsägliche Fragestellung, die uns in allen möglichen Richtungen des persönlichen und gesellschaftlichen Lebens zu denken gibt.

◆ *Zum Vergleich:* Kurt Marti, Eine gute Ehe, in diesem Band Nr. 117.

## 169

Gerhard Branstner
Die Nachtigall, der man das Singen verbot

◆ *Themen:* Menschsein, Unterdrückung, Diskriminierung

*Anmerkungen und Anregungen*

Verlangen nach Ruhe – noch einmal ist dieses Motiv an der Reihe, hier nur mit einer ausgesprochen politischen Zuspitzung. Die aus der DDR stammende Fabel redet schier unmißverständlich von Zuständen in einem Lande, in dem die »Stimme der Nachtigall« als störend empfunden und diese mundtot gemacht wird. Wir können uns an die Stelle der Nachtigall einen Künstler oder Wissenschaftler, einen Politiker oder Prediger denken, der nicht bereit ist, sich »umzustellen«. Erst als diese Stimme verstummt ist, merken die anderen, wie sehr sie ihnen fehlt.
An Beispielen hierfür wird es uns nicht fehlen, auch aus dem eigenen Lande nicht. Die Frage, wieweit dabei das Menschsein geschmälert wird, stellt sich für beide Seiten: für die Maßregler wie für die Gemaßregelten. Und sie stellt

sich auch für uns, auch wenn wir nicht direkt in der Konfliktzone stehen. Wenn es heißt, man solle den Anfängen wehren – was setzen wir dagegen ein?
Ergänzender Text:
Wolf Biermann
Du, laß dich nicht verhärten ...
(aus: W. Biermann, Mit Marx- und Engelszungen. Gedichte, Balladen, Lieder, Verlag Klaus Wagenbach, Berlin 1968, 61)

# 170

Augusto Monterroso, Das schwarze Schaf

◆ *Themen:* Menschsein, Aufklärung, Initiative, Märtyrer

*Anmerkungen und Anregungen*

Der Zugang zu dieser politischen Fabel ergibt sich sofort, wenn ich bereit bin, mich von der Seite der »Aufgeklärten« auf die andere Seite zu stellen, wo die »herrschende Meinung«, das »gesunde Volksempfinden« das Sagen hat. Unausweichlich drängt sich der Vergleich mit der Passionsgeschichte auf und der Schwierigkeit, die die Christen haben, um sich mit der Volksmenge zu identifizieren, die das »Kreuzige ihn!« schrie.
Schwarze Schafe, das sind also Leute, die ihrer Zeit voraus gedacht und gehandelt haben. Beispiele dafür, wie im Laufe der Geschichte aus ihnen Denkmalsfiguren werden konnten, bringen wir schnell zusammen, von den frühchristlichen Märtyrern über Jeanne d'Arc, Johann Hus und Giordano Bruno bis zu den Widerstandskämpfern im »Dritten Reich«. Heikel wird es, wenn wir uns der Gegenwart nähern: wer denkt noch gern daran zurück, wie Bischöfe und Kirchenvolk aus Reinhold Schneider, Rudolf Bultmann und Gustav Heinemann schwarze Schafe gemacht haben, um sie heute mit Kranzniederlegungen zu feiern? Was kann uns heutzutage davor bewahren, in den gleichen Fehler zu verfallen? Und sind wir gegebenenfalls bereit, uns einem »schwarzen Schaf« an die Seite zu stellen?

Ergänzender Text:
»Einst hatten die Bürger einer Stadt – es soll Siena gewesen sein – einen Feldherrn, der sie von feindlichem Druck befreit hatte; täglich berieten sie, wie er zu belohnen sei, und urteilten, keine Belohnung, die in ihren Kräften stände, wäre groß genug, selbst nicht, wenn sie ihn zum Herrn der Stadt machten. Endlich erhob sich einer und meinte: Laßt uns ihn umbringen und dann als Stadtheiligen anbeten. Und so ist man mit ihm verfahren ...« (Jacob Burckhardt, Die Kultur der Renaissance).

◆ *Zum Vergleich:* Gerhard Branstner, Die Nachtigall, in diesem Band Nr. 169.

## 171

Franz Hohler, Zugsunglück

◆ *Themen:* Menschsein, Geltungsbedürfnis, Kontaktarmut

*Anmerkungen und Anregungen*

Daß sensationelle Unglücksfälle, zumal wenn dabei Menschenleben auf dem Spiel stehen, auf Außenstehende eine seltsame Faszination ausüben, zeigt sich allemal am Gedränge der Zuschauer, die nicht selten die Hilfsmaßnahmen behindern, oder an den Schlagzeilen, mit denen sie wohlkalkuliert in den Redaktionen der Boulevardblätter bedacht werden. Tiefenpsychologen machen uns klar, was hinter dem Gemisch von Schauder und Neugier noch an anderen Emotionen rege wird, bis zum verdeckten Sadismus hin.
Der, dessen Stimme hier laut wird, hebt sich für mich von dieser Zuschauermenge ab, weil er mit seinen Äußerungen, ohne etwas von sich direkt auszusagen, so etwas wie ein Eigenleben gewinnt und mich ein wenig verstehen läßt, weshalb er solchen Anteil an dem Zugsunglück nimmt. Könnte er ein Einzelgänger sein? Führt er ein sonst ereignisloses Leben? Was für Leute sind das, vor denen er gern »sagen könnte, er habe einen gekannt, der mitfuhr«? Weshalb hätte ihm an »mehr Anrecht auf Trauer« und einem »Abglanz von Schrecken« gelegen? Wofür sollte dies wohl als Ersatz dienen?

Mit solchen Fragen bekommt dieser Unbekannte für mich besondere menschliche Züge, und ich sehe ihn nicht mehr in der sensationslüsternen Menge, sondern gewinne Verständnis für ihn.

◆ *Zum Vergleich:* Die aufregende Story, in diesem Band Nr. 172.

## 172

Die aufregende Story

◆ *Themen:* Menschsein, Information, Verantwortung, Anteilnahme

*Anmerkungen und Anregungen*

In manchen Zeitungsredaktionen ist der hier ausgesprochene Wunsch längst zur Methode geworden. Man weiß dort über den Leser besser Bescheid als er selber: daß er den Lesestoff schmackhaft serviert haben möchte, von jedem etwas und möglichst viel mit »human touch«, das die Gefühle anspricht – Stolz über einen Sieg der Nationalliga, Entrüstung über den aufwendigen Lebensstil eines Politikers, Mitleid mit den Eltern eines entführten Kindes. Das soll einem nahegehen, doch nur für eine kurze Weile, zur Kurzweil.

Aber ich will hier nicht über »Bild« die Nase rümpfen und mich im »Spiegel« blätternd besser dünken. Entscheidend ist wohl, in welcher Weise ich die Mitteilungen von nah und fern an mich heranlasse, sie in mich aufnehme und mich von ihnen beeindrucken lasse. Daß ich beispielsweise im Blick auf Südafrika achtgebe, wieweit ich verläßlich informiert werde, wie sich verschiedenartige Meldungen zueinander verhalten und von welchen Interessen sie bestimmt sind. Es kann dabei geschehen, daß ich dabei in einen gewissen Widerstreit gerate, wenn auf der einen Seite das Interesse der Menschlichkeit mit flammender Parteinahme für die Schwarzen vertreten und auf der anderen Seite das Interesse gesamtpolitischer Perspektiven geltend gemacht wird. Wie ich mich entscheide, hat so oder so etwas mit meinem eigenen Menschsein zu tun, mit meiner Anteilnahme am Geschick anderer Menschen.

◆ *Zum Vergleich:* Franz Hohler, Zugsunglück, in diesem Band Nr. 171.

## 173

Kurt Bartsch, misere

◆ *Themen:* Menschsein, Krisenerfahrung, Scheitern, Leistung, Wachstum

*Anmerkungen und Anregungen*

Die vier Zeilen lassen sich wie die Kurzfassung einer Lebensgeschichte lesen, die sich zwischen zwei Polen bewegt: als Sieger in die Schlagzeilen der Sportpresse zu kommen oder mit einem Mal »weg vom Fenster« zu sein. Beispiele dafür gibt es genug, wie einer als Star umjubelt, später als Versager gnadenlos ausgepfiffen und dann vergessen werden kann.
Aber dieser knappe Text lotet noch tiefer, öffnet sich für noch weitere Perspektiven; in ihm wird eine Pädagogik und Lebenshaltung, die einzig auf Stärke, Erfolg und Leistung abzielt, radikal in Frage gestellt. In einer Art von Kleingruppenarbeit wäre ein »Gegenkonzept« aufgrund persönlicher Erfahrungen zu entwerfen, das sich etwa an diesen Punkten orientiert:

- Wie gehe ich mit meiner Stärke, wie mit meiner Schwäche um?
- Wieweit verbinde ich mit einem »Versagen« eine schlechte Erinnerung? Wieweit ist mir daraus auch Gutes erwachsen?
- Wieweit gehören Krisenerfahrungen zu meiner Selbstverwirklichung?

◆ *Zum Vergleich:* Oliver Storz, Finale eines Stürmers, GzN 24–30; Franz Gypkens, Afrikanisches Märchen, in diesem Band Nr. 50.
◆ *Bibelstellen:* Jak. 1,12.

# 174

Wilhelm von Scholz, Der sterbende Rabelais

◆ *Themen:* Menschsein, Sterbehilfe

*Anmerkungen und Anregungen*

Die Anekdote enthält eine Prise von trockenem Humor, als wäre es den Ärzten zuzutrauen, daß sie dem Schwerkranken mit ihren Mitteln ein gewaltsames Ende bereiten. Indessen, wir hören heute die Bitte um einen »natürlichen Tod« noch mit einem ganz anderen Sinn und mit empfindlicherem Ohr. Seit Jahren ist eine heftige Diskussion im Gange, ob der mit medizinisch-technischen Vorkehrungen künstlich aufgeschobene Tod, wie das in unseren Kliniken weithin angestrebt wird, eigentlich menschenwürdig ist. Auf der einen Seite verteidigen sich die Ärzte mit dem Argument, sie seien von ihrem wissenschaftlichen Ethos her dazu verpflichtet, das Äußerste zu tun, um einen Menschen am Leben zu erhalten. Auf der anderen Seite wird ihnen entgegengehalten, das sei ja in Wahrheit kein Leben mehr, das allein vom Funktionieren der Apparatur abhängig ist, und zudem falle der menschliche Beistand für den Sterbenden fort, der ihn zum Ende hin noch persönliche Nähe spüren ließe.

In einer Art von Gegenbewegung ist es bereits zur Gründung von »Sterbekliniken« gekommen, in denen neben der medizinischen Betreuung das helfende Gespräch und die mitmenschliche Zuwendung eine besondere Rolle spielen. Ähnliche Bestrebungen, daß dem Sterbenskranken bis zuletzt die Würde des Menschseins erhalten bleibt, gibt es auch in anderen Einrichtungen und Formen. Was wissen wir davon? Und wie nahe ist uns schon einmal dieses Problem gekommen?

◆ *Zum Vergleich:* Renate Katarina Oswald, Leben und Tod im August, GzW 309–315.
◆ *Bibelstellen:* Sir. 11,28.

# 175

Richard von Schaukal, Sonderbare Aufforderung

◆ *Themen:* Menschsein, Sterben, Zuwendung

*Anmerkungen und Anregungen*

Von diesem Text her habe ich mich an die Beerdigung eines Freundes erinnern müssen. Ganz unerwartet war die Nachricht von seinem jähen Tode gekommen. Bei mir war es stets bei der Absicht geblieben, ihn zu besuchen, wenn ich mal in seiner Gegend zu tun hätte; jedesmal gab es irgendeine Verhinderung. Nun war es selbstverständlich, daß ich mich auf den Weg machte. Was für eine Fülle von gemeinsamen Erlebnissen tat sich mir wieder auf. Und wie machten mir die versäumten Gelegenheiten zu schaffen, weiter an seinem Leben Anteil zu nehmen, ihn auch spüren zu lassen, wie dankbar ich ihm bin. Dann stand ich neben dem offenen Grab der Witwe gegenüber. In ihrer Überraschung entfuhr es ihr: »Ach, wie hätte der Wilhelm sich gefreut . . .« Dieser Satz ist mir sehr nachgegangen.

Was ist aus meinen guten Vorsätzen geworden, den lebenden Freunden dafür ein Stück näher zu sein? Es hat noch manche andere Beerdigung gegeben, die mir wie ein stummes Beklagen der Versäumnisse vorkam, und immer noch fehlt es mir am Geschick, in meinem Terminkalender Platz für eine private Verabredung zu schaffen. Dabei weiß ich, in welchem Maße ich so an anderen schuldig werde und selber damit verarme.

Überlegen muß ich mir freilich, ob es etwa noch andere Ursachen als den Terminkalender gibt, die mich vom Besuch eines Sterbenskranken abhalten mögen: Meine ich, etwas ganz Besonderes in seiner Gegenwart leisten zu müssen? Oder scheue ich die Nähe des Todes? Immer näher und vieldeutiger wird mir der Satz: »Herr, lehre uns bedenken, daß wir sterben müssen, auf daß wir klug werden . . .«

◆ *Zum Vergleich:* Renate Katarina Oswald, Leben und Tod im August, GzW 309–315.
◆ *Bibelstellen:* Ps. 90,12.

# ZUKUNFT

*Von dem, was man heute denkt, hängt das ab, was morgen auf den Straßen und Plätzen gelebt wird*
*O. y Gasset*

Welcher Weg wird es sein, auf dem sich Welt und Mensch in der Zukunft vorfinden werden? Die Zeiten, in denen die Gleichung: Zukunft ist Fortschritt und Verbesserung der Lebensmöglichkeiten galt, scheinen vorbei. Auf einfache Fragen nach dem, was vor uns liegt, sind wir zunehmend unfähig zu antworten (176), oder sind skeptisch geworden. Denn es ist nicht verborgen geblieben, wie diejenigen, die den Himmel stürmten, zugleich rücksichtslos eigene, sehr irdische Ziele verfolgten (177), mit unkalkulierbaren, die Umwelt und uns bedrohenden Folgen. Der Prozeß der Weltzerstörung ist schleichend, kaum merklich (178), man gewöhnt sich schon an fein dosierte Hiobsbotschaften (179), merkt nicht, wenn es zu spät ist. Berichte von Akten der Gewalt an Pflanzen und Boden (180), von dilettantischen Versuchen, entstandene Schäden zu beseitigen (181) und von der schieren Hilflosigkeit verantwortlicher Techniker und Kommissionen (182) gehören bereits zum Alltag. Gleichwohl wird die Situation bagatellisiert und wider bessere Einsicht gehandelt (183). Es bleibt wie es ist, denn die Mühlen der Institutionen mahlen so selbstherrlich wie langsam (184).
Es gibt indessen auch Stimmen, und sie mehren sich, die einen Bewußtseinswandel ankündigen. Sie artikulieren einen neuen Stil zu leben (185), ermuntern, auf unsinnigen Konsum zu verzichten, sind kritisch und zugleich entwaffnend offen (186), demonstrieren innere und äußere Unabhängigkeit und die Kunst intensiven und bewußten Seins (187). Vielleicht sind dies die Vorboten einer noch viel umfassenderen Wandlung, in der sich ökonomisch, technologisch, religiös und wissenschaftlich denkende Menschen zu gleicher Sprache und gemeinsamer Anstrengung für die Zukunft zusammenfinden (188).

*R. P.*

## 176

Jakob Fuchs, Quo vadis

◆ *Themen:* Zukunft, Bewußtseinswandel, Naivität

*Anmerkungen und Anregungen*

Die Geschichte erzählt von einem Bewußtseinswandel in einer ganz alltäglichen Situation. Was eben noch selbstverständlich, vertraut und klar vor Augen stand, verliert zunehmend die Konturen, wird fragwürdig, erscheint in einem neuen Licht. Ausgelöst wird die neue Sicht durch einen Menschen, der freundlich, aber beharrlich die einfachsten Fragen wiederholt, weshalb er sofort in die Kategorie »Idiot« eingestuft wird.
Man kann diese Geschichte, wie viele der folgenden, als eine Parabel auf die gegenwärtige Situation der Menschheit verstehen. Die Erwartungen an ihren weiteren Weg haben sich verändert. Was gestern noch selbstverständlich »Fortschritt« hieß, ist heute fragwürdig geworden. In der Bundesrepublik waren noch vor zehn Jahren weit über die Hälfte der Menschen ihm gegenüber optimistisch eingestellt, heute sind die skeptischen Meinungen in der Überzahl. Die Stimmen, die beharrlich ein Umdenken fordern, werden zunehmend gehört. Ihre Fragen sind einfach, grundsätzlich. Grund genug für manche bedingungslosen Vertreter des Fortschrittsglaubens, sie als »naiv«, »wirklichkeitsfremd«, »verrückt« zu qualifizieren.

◆ *Zum Vergleich:* Lesen Sie zusätzlich die Geschichte von Friedrich Dürrenmatt »Der Tunnel« (GzW 337–345). Welche Interpretation von Zustand und Zukunft der Menschheit wird dort gegeben?

## 177

Gotthold Ephraim Lessing, Merops

◆ *Themen:* Zukunft, Wissenschaft, Technik, Interessen

*Anmerkungen und Anregungen*

Ein Grund dafür, weshalb der Dialog zwischen den Anhängern und Gegnern ungebremsten technischen Fortschritts so schwer zu führen ist, liegt, wie diese Fabel deutlich machen will, in einer besonderen Eigenart des fortschrittsorientierten Menschen: Während er den Himmel erstürmt, verfolgt er gleichzeitig auch noch sehr irdische Interessen. Wissenschaftler verhalten sich nicht anders als andere Menschen, wenn sie ein Ziel verfolgen: ein großer Teil ihrer Antriebe kommt aus Bereichen, die nicht unmittelbar mit ihrer wissenschaftlichen Tätigkeit zusammenhängen und zum Teil sogar unbewußt sind, trotzdem aber einen eminenten Einfluß auf ihre Entscheidungen ausüben können. Anders wären die Fehlentscheidungen bei verschiedenen technischen Großprojekten (z. B. Raumfahrt, Atomindustrie) kaum erklärbar.

◆ *Zum Vergleich:* Lesen Sie die Geschichte von Ray Bradbury »Der Mann« (GzW 319–331) und achten Sie dabei auf die Einstellungen und Interessen, die die verschiedenen Mitglieder der Raumfahrtmannschaft zugleich mit ihren technischen Absichten äußern.

## 178 · 179

Uwe Opolka, Der Frosch im Siedewasser
Franz Hohler, Wir wissen wenig

◆ *Themen:* Zukunft, Umwelt, Naturzerstörung, Gewöhnung

*Anmerkungen und Anregungen*

Die scherzhaft-makabre Betrachtung über den Frosch demonstriert in drastischer Überspitzung, was Gewöhnung an zunehmend lebensfeindliche Umstände bedeutet.
»Setzt man hier für ›Frosch‹ die Menschheit, für den Topf die Ökosphäre, wird die Geschichte vom gekochten Frosch zu einer Parabel auf unsere gegenwärtige Situation. Denn die Zerstörung unserer natürlichen und sozialen Umwelt vollzieht sich derart schleichend, in so minimalen Schritten,

daß ihr ganzes Ausmaß vielleicht erst dann wahrnehmbar sein wird, wenn es schon zu spät ist. Die Menschheit kocht sich seit Jahrzehnten selbst; sie beginnt erst allmählich, es zu merken.
Das ist auch ein Problem der Erkenntnisfähigkeit: stiege die Temperatur im Topf sehr plötzlich steil an, würde der Frosch gewiß springen. Aus der spürbaren Differenz der Temperaturen müßte er die Gefährlichkeit seiner Lage schnell erkennen. Und könnten die Menschen den Zustand der Umwelt 1982 mit deren Zustand 1882 direkt vergleichen, würden sich ihnen im Kontrast schlagartig die Verwüstungen zeigen, die nun großenteils unterhalb der Schwelle ihrer Bewußtwerdung bleiben« (Uwe Opolka, aaO).
Nach einem wahrscheinlich sehr viel kürzeren Zeitraum werden sich z. B. die Anwohner des Zürichsees vielleicht wiederum an dessen nunmehr aggressive Wasserqualität gewöhnt haben (siehe »Wir wissen wenig«). Es scheint ratsam, sich solche Dinge bereits durch den Kopf gehen zu lassen, bevor Gewöhnungseffekte eingesetzt haben.

Sammeln sie etwa über den Zeitraum von zwei Wochen hinweg Berichte aus einer Tageszeitung, die von der Zerstörung der Umwelt berichten. Überlegen Sie, welche Tatsachen Sie vor 10 oder 20 Jahren für undenkbar gehalten hätten.

## 180 · 181 · 182

Mong Dse, Wachstumshilfe
Heinrich von Kleist, Die Bedingung des Gärtners
Wolfdietrich Schnurre, Provoziertes Erwachen

◆ *Themen:* Natureingriffe, Anbaumethoden, Sanierungsmaßnahmen, Umweltkatastrophen

*Anmerkungen und Anregungen*

Diese drei Geschichten sind Parabeln im Blick auf die Art und Weise menschlichen Umgangs mit der Natur:
– Über die oft fragwürdigen und gewaltsamen *Behandlungsmethoden* von Pflanzen und Boden, die einen

schnelleren und größeren Ertrag sichern sollen, auf Dauer jedoch notwendig zum Kollaps des ganzen Systems führen müssen. Man denke an die Erosions- und Chemikalienprobleme bei »Intensivnutzung« (erste Geschichte).

- Über die bequemen, kurzsichtigen *Rettungsversuche* bei bereits entstandenem Schaden, vergebliches Kurieren an Symptomen, wo Abhilfe nur durch die Beseitigung der Ursachen möglich ist. (Daß seine Fabel einmal auf das Schicksal der gesamten Menschheit bezogen werden würde, konnte sich Kleist vor eindreiviertel Jahrhunderten gewiß noch nicht ausmalen.) Beispiel: Es wurden in Gegenden großer Luftverschmutzung die Schornsteine erhöht. Die Luft wurde dort zwar sauberer, aber inzwischen gefährdet der durch die Verfrachtung der Schadstoffe ausgelöste saure Regen Hunderte von Kilometern entfernt ganze Waldregionen (zweite Geschichte).
- Über die verheerenden und möglicherweise irreversiblen *Folgen* der Naturverwundung, die plötzliche Hilflosigkeit der Techniker sowie der verantwortlichen Kommissionen und die späte Rache des langsam, aber unaufhaltsam erwachenden Riesen Natur (dritte Geschichte).

Informieren Sie sich über Aktivitäten in Ihrer näheren Umgebung, die dem Schutz der Umwelt dienen.
Lesen Sie den Umweltschutzbericht der amerikanischen Regierung, »Global 2000«, Nomos Verlag, Baden-Baden 1982.

## 183 · 184

Umweltschutz
Augusto Monterroso, Die Grille als Lehrer

◆ *Themen:* Umwelt, Interessen, Inkonsequenz, Werte, Institutionen

*Anmerkungen und Anregungen*

Weshalb unsere wahre Situation oft verschleiert und verkannt wird, davon reden die beiden Texte vom Minister und den Lehrern:

- Je nach Situation, in der er sie ausspricht, wird der Minister mit seinen Worten verschiedene Wirkungen beabsichtigen, z. B. die Bewunderung von Schulkindern, daß er täglich fliegt, das Wohlwollen von älteren Menschen, weil er für eine weiterhin intakte Welt bürgt, oder die Ermunterung von Vertretern der Industrie, zu investieren, ohne Umweltauflagen befürchten zu müssen. In jedem Fall verraten sie beispielhaft unser aller Neigung, mögliche Schäden durch oberflächliche Sichtweisen zu bagatellisieren und wider bessere Einsicht zu handeln (erster Text).
- Eine der vielschichtigen Ursachen solchen Verhaltens nennt die Fabel »Die Grille als Lehrer«. Althergebrachte Sichtweisen und Bewertungsmuster bei gleichzeitiger Überschätzung der eigenen Fähigkeiten und Abwertung alternativen Tuns haben ein ungeahnt zähes Leben. Besonders, wenn sie von großen, schwerfälligen, aber machtvollen Institutionen getragen und übertragen werden.

Erfinden und spielen Sie in Gruppen Geschichten, in denen am Höhepunkt der Minister die im ersten Text vorgegebenen Worte spricht.
Suchen Sie weitere Gründe dafür, weshalb die Situation des Menschen in der Welt falsch eingeschätzt wird.

## 185 · 186 · 187

Richard Klaus, Vom Igel und vom Hasen
Antoine de Saint-Exupéry, Zeit sparen
Auf der Durchreise

◆ *Themen:* Zukunft, Menschheitsentwicklung, Selbstsein, Leben

*Anmerkungen und Anregungen*

Bei vielen Menschen wächst die Einsicht, »daß uns nur ein fundamentaler Wandel der menschlichen Charakterstruktur, ein Zurückdrängen der Orientierung am Haben zugunsten der am Sein, vor einer psychischen und ökonomischen

Katastrophe retten kann« (E. Fromm). Die drei Geschichten vom Igel und Hasen, vom kleinen Prinzen und den beiden Mönchen veranschaulichen einige Aspekte jenes Lebensverständnisses, das aus einem Umdenkungsprozeß, wie Fromm ihn fordert, hervorgeht. Thesenartig können sie wie folgt formuliert werden:

Eine Menschheit, die ihre Zukunft erleben will, muß

- ihre Orientierung an »Preisen, Trophäen und Vermögen«, die auch den Hasen in der Fabel bestimmt, aufgeben und ihr Ziel in der Entfaltung des eigenen und des fremden Ich suchen; sie muß teilen lernen und verhindern, daß einige auf Kosten der anderen leben;
- den Konsum auf ein notwendiges Maß beschränken, sowie eine kritische und doch unschuldige, aber nicht naive Haltung Menschen und Dingen gegenüber entwickeln, ähnlich dem kleinen Prinzen;
- über innere und äußere Unabhängigkeit und zugleich Realitätssinn verfügen wie die beiden Mönche der dritten Geschichte, die Vorläufigkeit und Begrenztheit menschlichen Daseins anerkennen und doch bewußt und aufgeschlossen leben können (vgl. E. Fromm, aaO.).

Diskutieren Sie in Gruppen über die drei oben formulierten Thesen.

◆ *Zum Vergleich:* Erich Fromm, Haben oder Sein, München 1981, dtv-TB 1490, besonders das Kapitel »Der neue Mensch«, 163 f; Carl Friedrich von Weizsäcker, Gehen wir einer asketischen Weltkultur entgegen? in: Deutlichkeit. Beiträge zu politischen und religiösen Gegenwartsfragen, München/Wien 1978, 73–113; Die Geschichte »Die Affeninsel« von Reinhard Pertsch, GzW 331–333.

## 188

Klaus Lefringhausen, Drei Söhne, drei Wege

◆ *Themen:* Zukunft, Wissenschaft, Religion, Technik, Menschheit

*Anmerkungen und Anregungen*

Wer entwickelt Konzepte für das Leben der Menschheit in der Zukunft, und wem ist zu trauen auf dem Weg dorthin? Die drei Söhne dieser Parabel symbolisieren zum einen enttäuschte Hoffnungen. Der Techniker und Ökonom war mit ungeheueren Anstrengungen und Mitteln ans Werk gegangen; was er schuf, war eine halbe reiche und eine halbe arme Welt; was er hinterließ, war Abfall, von dem keiner weiß wohin; und womit er zuletzt hantierte, dient mehr der Vernichtung als dem Frieden. Dann der Religiöse, von dem einst der Ruf ausging: »Schwerter zu Pflugscharen!«; an ihm war zu beobachten, daß er, zu Macht gekommen, diese Worte allzuoft umdrehte. Und schließlich der Theoretiker: auch seine Taten sprachen den eigenen Ideen Hohn.
Doch warum sollten sich, das gemeinsame Versagen vor Augen, die drei Söhne nicht zusammenfinden, wie der Vater hofft, warum sollten sie nicht gegenseitiges Mißtrauen und Profilierungsnöte vergessend einen Dialog fortsetzen, den einige ihrer besten Vertreter schon begonnen haben: Albert Einstein beispielsweise, der mit seiner »Stimme der größten Sache dienen« wollte, »dem Frieden auf Erden«; und Martin Luther King, der der Versuchung der Gewalt trotzend gewaltsam starb; der Theoretiker Karl Popper auch, mit seinem beschwörenden Aufruf »Laßt Theorien sterben, statt Menschen!«? Haben die drei Söhne nicht, ohne zu wissen, durch Vermittlung ihrer Lehrmeister bereits gemeinsamen Boden unter ihren Füßen? Sollte sie das nicht auch fähig machen, eine gemeinsame Sprache zu entwickeln?

Lesen Sie dazu Gen. 1,26, wo nicht von einem erobernden und ausbeutenden, sondern von einem im treuhänderischen Auftrag handelnden Menschen die Rede ist.

# Stichwortregister

# Bibelstellen